ANTHOLOGY4 ALLSTARS

果然我的
青春戀愛
劇搞

短篇小說

My youth
wrong as
Anthology4 allstars

allstars

Contents

design:numata rina

果然我的
青春戀愛喜劇
搞錯了。
短篇小說集 4

My youth romantic co
wrong as I expected.
Anthology4 allstars

ALLSTARS

PONKAN⑧

Ponkan

エナミカツミ
Katsumi Enami

えれっと
Eretto

ななせめるち
Meruchi Nanase

Illustrator's Profile

Ponkan

ponkan⑧／《果然我的青春戀愛喜劇搞錯了。》的插畫家，另外負責《SHIROBAKO》的人設原案。（彩頁p1）

Katsumi Enami

エナミカツミ／《BACCANO！大騷動！》、《異世界食堂》的插畫家。（彩頁p2-3、插畫p17）

Meruchi Nanase

ななせめるち／《人生》、《ちょっぴり年上でも彼女にしてくれますか？》（GA文庫）的插畫家。（彩頁p6-7、插畫p127）

Eretto

えれっと／《尚未開始的末日戰爭與我們那已經結束的青春鬧劇》、《我們的重製人生》的插畫家。（彩頁p4-5）

Umiko

U35／《青春絶対つぶすマンな俺に救いはいらない。》（GAGAGA文庫）、《コワモテの巨人くんはフラグだけはたてるんです。》（GAGAGA文庫）的插畫家。（插畫p169）

Momoko

ももこ／《ラストエンブリオ》（角川スニーカー文庫）、《教え子に脅迫されるのは犯罪ですか？》（MF文庫J）的插畫家。（插畫p231）

Ukami

うかみ／作品有漫畫《廢天使加百列》，另外負責《クズと天使の二周目生活》（GAGAGA文庫）的插畫。（插畫p255）

即使我們的青春戀愛喜劇搞錯了。

石川博品

插畫：エナミカツミ

穿過閘門後，我自然而然走向車站一樓的書店。

以前在同一棟大樓二樓的補習班上課時，我總是會在上課前繞去這家書店。儘管我現在只有盂蘭盆節和新年會回老家，身體仍舊記得當時的習慣。

這家書店當然跟東京的大書店沒辦法比，可是對高中時期的我而言，已經夠大間了。我常夢想能把架上的書全買下來。

憑微薄的零用錢該買哪本書才好，需要詢問內心的深處才能做出決定。喜歡看書的人大多會自我省思，原因或許就在於此。

我走到輕小說區一看，去年十一月出的《果青》十四集鋪在平臺。

第一集就是在這裡買的，我記得很清楚——連那一天是二〇一一年三月二十一日都記得。

根據紀錄，東日本大震災時，這裡的最大震度是五級。地震害這家店的書全毀了，因此休業了幾天，三月二十一日才重新開店。記得《果青》好像也是因為震災的關係才延期發售。

基於些許的好奇心，我來到書店，站在輕小說專區前，那本書的封面映入眼簾。這個黑色長髮的女生就是女主角吧。看起來挺清純可愛的。旁邊眼神凶惡的男生應該是男主角。書名是……「青春戀愛喜劇」「搞錯了」是什麼意思？我翻到封底閱讀大綱。主角叫八幡啊。女主角叫雪乃……不曉得八幡是姓氏還名字。

看來是部創新的校園戀愛喜劇。是我喜歡的類型。主角是邊緣人這一點也很讚。有能跟主角產生共鳴的部分，會是我決定購買一本書的原因。

我翻開彩頁。是有點傲嬌味的結衣和偏男孩子氣的彩加。兩個人都好可愛。

正文前面是八幡寫的作文。大略掃過一眼，感覺是個難搞的人。

我暫時放下那本書，看了下其他新作，結果還是買了這部最先看見的作品——沒想到未來會跟它相處將近九年的時間。

我之所以在借她《果青》第一集的時候附上一封信，是因為我深深著迷於這個以八幡的作文為起頭的故事。雖然我的文筆沒好到能重現那獨特的乖僻個性。

塩原真夏小姐

我寫這封信的原因，是想告訴妳我有多喜歡《果然我的青春戀愛喜劇搞錯了。》這部作品。

我口才不好，在妳面前一定無法仔細說明這部作品的好看之處。

這個故事的主角——比企谷八幡是邊緣人。但他並不會因此表現得低人一等（即使其他人把他罵得跟什麼一樣）。

他說他想證明「邊緣人不可憐」、「邊緣人不比別人差」。同為邊緣人，我覺得他很帥。

女主角雪之下雪乃也是邊緣人。她以自己的美貌及才華為傲，是個看似正宮，卻像個反派的角色。

他們兩個都很毒舌，卻始終走在自己的道路上。我就是喜歡這一點。

記得去年妳主動跟我搭話的那一天嗎？

我坐在自己的座位上看輕小說，妳跟我說「那部作品很有趣」，然後我們就聊輕小說聊了一段時間。

那本書是我跟哥哥借來的。好看歸好看，對我而言僅僅是「哥哥的書」。

我想要「自己的書」。追著進度看，期待出下一集的書。

《果然我的～》（太長所以省略掉）書名後面沒有寫集數，作者後記也說不定會有後續，希望可以繼續出。

出了第二集我再借妳看。

希望到時妳已經出院了。

杉元圭介

公車抵達圓環。天氣很冷，所以我在車站大樓內待到最後一刻才上車。以前去高中的時候和去站前補習班的時候，我都是騎腳踏車，所以搭公車從車站回家，使我有種墮落的感覺。當時我明明沒有目的地，還會騎腳踏車在颳強風的河邊飆車。

公車開在縣道上南下。窗外是綜合醫院的大樓。

升上高二的第一節班會，我得知她住院了。班導只有告訴我們這個事實，是什麼疾病則一字未提。

之後，我花了三天寫完兩張信紙的信，騎腳踏車飆到綜合醫院。如今回想起來，想找人分享《果青》感想的心情，似乎比想為臥病在床的她排解無聊的心情更加強烈。

她的病房是六人房，用米色窗簾明確地隔開每位病患的空間。

我打了聲招呼，拉開窗簾，她就坐在裡面。

「杉元同學？你來啦。」

塩原真夏是個樸素乖巧的女生，像《果青》裡面的海老名同學再去掉腐要素，現在她看見我，卻露出燦爛的笑容。

病房的個人空間光線不足，只有外面的燈光隔著窗簾上面的蕾絲照進來。床邊有個附抽屜的矮櫃。她的眼鏡折起來放在上面。小電視和閱讀燈設計成可以靠機械手臂個別移動。剩下的空間狹窄到只能供一個人勉強通過，而坐在椅子上的宇都宮堵住了那條路。

隔壁班的宇都宮是個隸屬於不良團體的女生。長得像去掉捲捲頭的三浦優美子和川什麼的同學的綜合版。

她好像帶了餅乾來探病，正拿在手中吃。

「醫院裡面可以吃零食嗎？」

我詢問塩原，宇都宮也看向她。

「咦？不行嗎？」

「本來就不能帶食物進病房。」

塩原的語氣帶有幾分調侃的意味。

「真假。早說嘛。」

宇都宮將餅乾扔進嘴巴。

我覺得不太自在。進來後一步也動不了的狹窄空間、其他住院病患的咳嗽聲、病床發出的吱嘎聲、塩原和宇都宮意外親密的舉動，都令我喘不過氣。

「那個，這本書，借妳看。有興趣的話可以拿來打發時間。」

我將書連同書店的塑膠袋遞出去。如果沒用袋子裝，連跟書放在一起的信都會被宇都宮看見。

「謝謝。」

她笑著接過袋子，想窺探裡面的東西。感到難為情的我急忙轉身離開。

「喂。」

有人從背後叫住我。

轉頭一看，宇都宮抓了幾包餅乾拿給我。

「你叫杉元是嗎？給你。這裡不能放食物。」

「謝、謝謝……」

我藉由奇怪的物物交換得到餅乾，離開病房。

第二集在暑假前夕出了。

考慮到之後的出書間隔，四個月已經撐得上短，可是我當時迫不及待看到下一集，覺得這段時間相當漫長。

而她還在住院。

塩原真夏小姐

期待已久的《果青》（粉絲好像都是這樣簡稱）第二集出了。

這次，侍奉社正式開始運作，對外採取許多行動。看著書中世界逐漸擴展開來，令人興奮不已。

妳喜歡的材木座也很活躍喔。

結尾的部分寫到雪之下就算不被任何人理解，依然沒有放棄，而由比濱從來不放棄理解別人，這一段我印象深刻。我大概是不屬於任何一方的半吊子。但我也沒像八幡那樣放棄希望。

侍奉社三人組性格極端，可能是因為這樣，他們才那麼有魅力。

這一集的最後，我感覺到他們的關係會變得愈來愈複雜。期待下集。

杉元圭介

我家位在外觀類似待售屋林立的街區。以前我還覺得家裡很寒酸，不過以我的薪水，一輩子都蓋不了同樣大小的房子吧。

父親在門口迎接我，母親在廚房做散壽司。要吃大餐的時候一直都是這樣。

「你要去塩原同學家對吧？」

「下午再去。」

我爬上二樓，走進自己的房間。搬家時留在這邊的輕小說，仍舊在書架上互相較量書背的鮮豔程度。我坐到床上，鬆開領帶。

在她的病房中，我從來沒坐過那張床。

「我得的病叫惡性淋巴瘤。」

某一天，她這麼告訴我，語氣彷彿在聊喜歡的音樂家。

「那是怎樣的病？」

「好像是血液裡的淋巴球變成癌細胞了。」

我一句話都沒說，只有點了下頭。

她在接受化療的過程中，失去了美麗的長髮。頭上的薄毛線帽在這個季節顯得有點悶熱。

病房又小又暗，戴不習慣的口罩讓人覺得很悶，悶到不能講太久的話，如果要聊喜歡的書，寫信最適合。

塩原真夏小姐

第三集有約會（？），有戰鬥（？），內容十分豐富。劇情很有梗，頗符合這部作品的風格，不過還算滿「青春戀愛喜劇」的吧。

結衣對八幡的好感滿明顯的，可是，小雪乃又如何呢？她對貓的好感倒是很明顯。

這樣「誰才是正宮」這個問題就浮上檯面了。我在第一封信上說小雪乃是正宮，是根據「第一集封面的角色是正宮」這個法則判斷的，可是我開始不確定《果青》適不適用這個法則。或許是因為主角八幡一直在迴避那類型的戀愛喜劇要素。即使如此，他還是會被牽扯進戀愛喜劇之中，老實說我好羨慕。我最近想要小町那樣的妹妹（笑）。

妳喜歡的材木座這次也好燃。超越燃變成煩的地步。

他那句「因為喜歡才想成為作家」宣言感動到我了。

我也想試著將自己的心意說出口。雖然我的「喜歡」跟「成為」無關。

杉元圭介

吃完午餐，我走出家門。

搭上通往車站的公車，看到有五個穿著母校運動服的女生占據了最後面的位子。看那個包包，應該是軟式網球社。時值冬天，她們卻全都晒得皮膚黝黑。不曉得現在的學生是不是還會在正門前的坡道跑步練習。

《果青》第四集跟第一集一樣，於三月發售。

都要升高三了，她依然沒回學校上課。

塩原真夏小姐

這一集是暑假的故事。反觀我們連第一學期都還沒開始，書中的時間過得真快。不過他們還只是高二生，或許該說我們的時間過得比較快才對。

葉山一直在講意味深長的臺詞。本以為他跟三浦一樣是反派角色（？），看來他是個意外重要的角色。他以前好像經歷過什麼事件。

我的人生平凡無奇，沒有黑暗的過去這種東西。所以我有點嚮往。

最後八幡選的解決方案雖然很糟，我覺得那樣就行了。八幡說過「改變自己，即可改變世界——這種說法是騙人的」，我也這麼認為。我也有想毀滅世界的時候，像他那樣。

但我是個凡人，做不到那種事。

杉元圭介

「杉元同學是邊緣人呀？」

塩原坐在床邊，晃著雙腿問我。光溜溜的腳尖快要碰到我了，因此我把椅子往後拉了些。椅子在地上摩擦的聲音於病房內響起。

「《果青》的讀者全是邊緣人吧。」

「是嗎？」

「不知道。說全是我太誇大了。」

她笑了出來。身體狀況看起來非常好。

她脫下披在睡衣外面的開襟衫，放到枕頭旁邊。她之前說過，穿前開式的衣服比較好，以便看診時脫掉。架子上的手機的通知燈在閃爍。她拿起旁邊的寶特瓶喝水。什麼東西都放在她搆得到的範圍內。

電視在播公方公園桃花祭的ＶＴＲ。

「我本來每年都會去參加，加上今年已經連續兩年沒去了。」

她戴上眼鏡盯著電視。昏暗的病房中，她淡淡的影子映在窗簾上。幾根頭髮從毛線帽底下露出。

「我長大後就沒去過了。」

男高中生不可能理解桃花這種樸素的花的魅力。可是當時我覺得，跟她一起看的花一定很美。世上美麗的事物就是為了和心愛之人一起看而存在的。

好看的書亦然。

不曉得我是先喜歡上《果青》還是先喜歡上她。至今我依然無法分辨。

坐在教室裡的座位上時，坐在容易發出吱嘎聲的補習班的座位上時，趁讀書的空檔躺在床上時，閱讀《果青》時，我總是在想她。

她出院了。

「騎腳踏車出去晃晃吧。」

我之前提過我會沿著河邊的道路騎腳踏車，因此她這麼提議。

「那去滯洪池好了。」

那一天是晴天，不過因為梅雨季延長的關係，風中帶有水氣。在雨水的灌溉下長高的雜草被風吹得窸窣作響，我們低頭看著河岸，騎在河堤上的道路。

她似乎很喜歡裝在我的越野腳踏車上的撥鏈器，不停換檔，把它弄得喀嚓喀嚓響。從短褲底下伸出來的雙腿，白得像在拒絕陽光。膝蓋的骨頭明顯凸起，彷彿周圍的肉都被挖掉了。

風撥亂她的頭髮。她的頭髮還有點短，髮型跟八幡類似。

「好累喔～該多運動了。」

我們坐在能看見滯洪池的人工湖的長椅上。她直接對著瓶口灌下運動飲料，嘆了口氣。雖然附近也有自行車道，我們都騎腳踏車騎到這裡了，決定稍微休息。

這個地方因為人工湖是心形，被拿來當約會勝地的賣點，但我不知道有沒有效。從我們所在的位置看過去，就只是平凡無奇的遼闊湖面，隱約看得見對岸的景色。

「你決定要考哪所大學了嗎？」

「嗯。」

我講了幾所東京的大學。

「考上的話你要一個人住？」

「我是很想啦，不過家人叫我通勤上學。」

「我想也是。畢竟一小時就能到新宿了。」

「八幡上大學後應該也是通勤吧。」

「他看起來就是不想搬出去住的類型。」

「小雪乃才高中就一個人住了，真了不起。」

「她感覺會把自己照顧得很好。」

我竟然在跟她聊這個，挺不可思議的。我們不久前還跟八幡他們一樣，在度過高二的暑假。真不敢相信高三生的「決定未來的夏天」馬上就要來臨。

她拿下眼鏡揉眼睛。騎腳踏車的期間，風一直迎面吹來，所以她的眼睛紅通通的。

「我決定放棄明年的大考。因為以現在的狀況來說我準備不足。」

「這樣啊。」

我不知道該怎麼回答，學她揉起眼睛。

「可是我一定會去念大學。」

「嗯。」

「好想三年就從高中畢業喔。我真的無法接受小我一歲的人不用敬語跟我說話。上大學我應該就不會介意了。」

「我懂。」

風吹過湖面，為汗涔涔的我們帶來一陣涼意。

塩原真夏小姐

第五集一樣是暑假的故事。這次在七月出版，時間剛好對上。

這一集寫到八幡和好幾位角色的互動，本以為是走輕鬆向，最後卻有大魔王在等待著我。

雪之下陽乃第三集也有一些戲分。我當時對她的印象是陽光的姊系角色，看來有點出入。

我不太喜歡她。她會為周圍帶來變化。害有著一雙死魚眼，開口閉口都是扭曲言論的八幡，變成無害的小弟弟。害身為孤高存在的小雪乃，變成比不上姊姊的弱女子。害懂得察言觀色，一下子就融入侍奉社的比濱同學，變成單純的外人。

企圖拆散逐漸加深羈絆的三人。

我明白故事往往會產生變化。起承轉合、序破急之類的，也明白少了這些會變成無聊的故事。可是，我想再多看一下八幡、小雪乃、比濱同學在侍奉社社辦閒聊的樣子。

八幡說「如果我們不改變，便不會產生悲傷」。我害怕變化。妳說得對，我是邊緣人。不過我喜歡在熱鬧的下課時間，待在教室一個人看書。喜歡在補習班下課後，騎腳踏車於昏暗的街道上狂飆。喜歡跟妳聊《果青》的感想。

我希望現狀不要有任何變化。

有點害怕看到下一集。

杉元圭介

暑假期間，她又住進醫院了。

我去探病的時候，她抱著膝蓋躺在床上。我以為她在睡覺，看著背對我的她時，她抬起頭，轉頭用瞇細的眼睛望向我。

「外面好熱。我騎腳踏車過來的，所以流了一堆汗。」

我邊說邊坐到椅子上。她沒有回答。駝起來的背跟牆壁一樣，擋住我的視線。

「對了，《果青》好像要動畫化。第五集的書腰寫的。」

「播放時間是凌晨吧？這邊九點就要關燈了。」

「我錄起來燒成ＤＶＤ給妳。」

「沒有播放器。」

「我帶筆電過來。」

對話中斷。吸進汗水的口罩黏在肌膚上。聽見醫護人員在走廊上推推車的聲音。

「我可能沒辦法從高中畢業了。」

她的聲音軟弱無力，聽起來像隔著窗簾在跟她說話。

「是嗎？不過——」

喉嚨好乾。「還有高認測驗（註1）啊。妳一定能上大學。」

「有那麼容易嗎？」

她嘆出一口微弱的長氣。

我抽出插在背包側袋的寶特瓶，想起這裡禁止飲食，僅僅是注視著運動飲料在寶特瓶中搖晃。

註1　指「高等學校畢業程度鑑定測驗」。

塩原真夏小姐

第六集的主題是校慶。

準備校慶的劇情中，再次證明了小雪乃有多厲害。不僅成績優秀、眉清目秀、運動全能（雖然缺乏體力），還這麼會做事，好驚人。她感覺沒什麼人望，倒是挺適合以副手的身分掌控全局。

另一方面，我真的看不下去（幾乎可以說是）新角色相模的無能樣。她那天真、不負責任的態度，使我看到自己的影子。我連打工的經驗都沒有，卻開始擔心工作後會不會變得跟她一樣。

她害計畫逐漸出現漏洞的過程異常寫實。很少在輕小說裡面看見這種劇情吧？其他作品中大概也找不到講得出「時間會解決一切——這種說法是騙人的」這種話的主角。

而那位主角八幡，這一集非常帥氣。他一直在幕後做事，緊要關頭會（用符合他風格的做法）果斷地將問題處理掉。是邊緣人常妄想的情境。跟「獨自反抗占領學校的恐怖分子」同樣喜歡的展開。

可是，直到最後都沒有機會給我大顯身手。校慶六月就辦完了，恐怖分子也從未出現過。

八幡說的那句「安逸的改變不是成長」，深深感動了我。我把那樣子的妥協、放棄，跟「長大」畫上等號。可是，他首先叫我們肯定現在的自己。

我沒辦法那麼肯定現在的自己。

八幡很堅強。所以我才會崇拜他吧。

下課時間，我坐在自己的位子上看書時，有人來跟我搭話。

「喂——」

宇都宮美織站在我的座位前面。都十一月底了她還穿著迷你裙，腿看起來很冷。她一隻手插在毛衣的口袋裡，另一隻手拿著書店的塑膠袋。

「她叫我把這還你。」

她將塑膠袋放在桌上。我伸手一摸，摸得出裡面裝的是書。

「真夏說她不想看了。」

宇都宮望向窗外，我也跟著看過去。微陰的天空不知為何刺得眼睛發疼。

「她還叫你別再來了。」

「是嗎？我知道了。」

聽見我的回答，宇都宮悶悶不樂地點了下頭，走出教室。

打開袋子一看，裡面裝著我三天前借給塩原的《果青》第六集，以及未拆封的信。

我不會逼別人看我喜歡的書。對閱讀喜好相近的哥哥，也從來沒做過那種事。所以既然她說了不想看，我也不會逼她。即使是我最喜歡的《果青》。

八幡和小雪乃在校慶結束後，終於知曉「彼此的存在」。經過故事裡的半年和現實世界的一年半個月，我和塩原對彼此加深了多少瞭解呢。

人生永遠無法倒帶重來——這是第六集最後，八幡內心的獨白。這句話真的最令我印象深刻。雖然我沒能寫進寫給她的信中。

我將裝書的塑膠袋收進抽屜。教室裡沒人看見這一幕。

第七集在三月發售。新書總是在我的環境產生變化時出版。

我考上第一志願，從高中畢業。畢業典禮上有叫到她的名字，然而她本人並未到場。

我寫下不會有人看的信。

塩原真夏小姐

首先要為我這段時間都沒去探病道歉。我沒去詢問妳那句「別再來了」真正的用意，之後也沒去問妳是否改變心意了。因為我害怕再度遭到拒絕。

我想，我還會繼續寫信給妳。這會使我想起跟妳分享對《果青》的感想的時候。對我而言，和妳討論的樂趣也是那本書的魅力之一。

希望總有一天，這封信能被妳讀到。

回歸正題，第七集寫的是畢業旅行。

雖然氣氛有點僵，看起來好愉快喔。我畢業旅行的時候沒發生那種告白事件，也沒有偷跑出旅館吃拉麵。因為我是邊緣人嗎？可能是京都和沖繩的差別吧。

海老名同學做的決定，我可以理解。既然現在的關係是舒適的，會不想改變也很正常。看完第五集後，我也在信裡寫了「我不喜歡變化」。

不過，我從高中畢業，脫離了八幡所說的「狹窄到可笑的地步的世界」、「短促到教人無奈的時間」。不得不去思考，未來該如何在大學這個嶄新的世界中生存（我實在沒什麼幹勁）。

在那之後，應該也會有新話題能跟妳聊。期待那一天的到來。

杉元圭介

當時的我說著「我實在沒什麼幹勁」，其實心裡應該充滿對新生活的期待。因為我沒意識到，她正被囚禁在那個用窗簾隔開的昏暗狹窄空間中，那稍縱即逝的時間中。

我的內心期待著新生活，骨子裡卻是個討厭變化的人類，因此到頭來，我的生活依然沒有變化。通勤方式雖然從騎腳踏車換成了搭電車，只要滑個手機，到東京的一小時車程只是眨眼間的事。默默坐在教室裡聽老師上課，九十分鐘也是一下就過了。

我去過一次必修課的班級揪的聚會。搬到東京開始獨居生活的寂寞導致的**過度熱情**，以及土生土長東京人的從容不迫，都跟我扯不上關係。與LINE貼圖一樣簡潔易懂的無害發言，在居酒屋一句接著一句。真懷念八幡和小雪乃勾心鬥角、充滿惡意的對話。

《果青》的動畫於四月開播。我總是熬夜到凌晨，邊看邊錄影。希望即使她在病床上縮著身體、抱著膝蓋、閉著眼睛，也能聽見有了聲音的八幡他們所說的話。

塩原真夏小姐

七．五集是短篇集。描寫了至今以來的劇情間發生的故事。時間沒有按照順序，所以不搭配開頭的月曆看會有點亂。

封面居然是三浦。我本來在猜該不會有三浦回吧，結果果然沒有。

閱讀從未在書中提及的小故事的期間，我覺得八幡他們彷彿是實際存在的人物。

我想起妳的時候也有同樣的感覺。抱怨晚餐的煮魚很難吃時愁眉苦臉的表情、雪白腳背透出的藍色血管、模仿材木座咳嗽的怪聲——我會在日常生活中不經意地想起那些景象，重新體會到與妳共度的時間確實存在過。

篇幅最長的短篇的最終頭目，是柔道社的畢業生。我看的時候把感情投射在八幡身上，不過仔細一想，我也跟畢業生一樣是大學生了。目前我不會想逃避大學。就算想逃避，邊緣又沒參加社團的我也沒辦法逃回那所高中。

我感覺得到我在逃避妳。我有好幾次都來到了綜合醫院門口。其實上禮拜也有繞去醫院一趟。但我踏不出那一步。我害怕面對妳。害怕妳對我說出決定性的那句話，我們將永遠斷絕關係。

八幡說過「他為自己『逃避』的事實所逼」。說得沒錯。

我有很多話想當面跟妳說。

杉元圭介

我開始在東京的家庭餐廳打工。工作機會遠比老家那邊多，時薪也不錯。服務業的經驗告訴我，世上有許多怪人。竟然有帶著老婆和年幼的兒子來的男人，把桌上的牙籤連同容器一起偷走，在做這份工作前，我想都想不到。《果青》裡面也有許多怪人，但他們不會加害他人，從這一點來說好太多了。這些人都有辦法出社會，八幡一定也能找到工作。

塩原真夏小姐

第八集是從畢業旅行結束的數日後開始，害我有點錯愕。

第七集是三月出的，現實世界已經過了八個月。原來本篇隔了這麼久才出，由於有動畫跟七・五集可以看，我還有種一直在看《果青》的感覺呢。

八幡在開頭說「因為終將失去，才顯現其美麗」。我還沒辦法那麼豁達。明明再也見不到妳，為什麼我還要一直寫這種信？是八幡不屑的自我憐憫嗎？唯一可以確定的是，《果青》這個故事仍會繼續下去。我打算看到最後。如果妳能在未來的某一天追上來，我會很高興。

這一集，八幡、小雪乃、比濱同學對於學生會選舉一事意見產生分歧。我看了非常難過。我還是希望那三個人在一起。

總是將問題拖到之後才處理的習慣，導致八幡遭到孤立。我覺得我也有將許多事拖到之後才面對，藉此逃避現實。上大學後依然沒在念書，茫然地度過出社會前的這段寬限期。和妳之間的問題也一直沒處理，結果還是找不到和好的機會。

我覺得我隱約可以明白八幡渴望的「真物」。「無需話語即可心意相通，無需行為即可瞭解對方，無論發生什麼都能永保完整」。它一定存在於我能觸及的地方。

杉元圭介

她的死訊，我是透過LINE得知的。

畢業時班上創的群組早被我忘得一乾二淨，突然跳出一堆通知，我便點開來看了下，全是為她哀悼的訊息。

對我來說，群組內外都沒有人能與我分享她的事。大家的感情灌進心中，無處宣洩，等同於死胡同。用英文來說就是Dead End。

Dead letter是指空文，或者無法投遞的信件。

這件事發生在一月中旬，在新年前三天去世的她，葬禮只有家人參加。同學們在群組裡計畫去她的靈堂前上香。我沒有參加。

過了幾天，我獨自來到她家。

她家是縣道旁邊的豪宅。古風的門上加裝了類似屋簷的東西，以前可能是當地的村長之類的。

我將腳踏車停在馬路對面。附近沒有行人，呆站在那邊太不自然，因此我假裝LINE收到訊息，邊滑手機邊側目觀察她家。

記得她說過，她的家人只有雙親和祖母。三個人在那麼大的房子中，過著什麼樣的生活呢？少了照理說會活最久的她，她的家人該如何度過之後的每一天？

我在病房見過她的母親好幾次。所以只要按門鈴說清楚原因，她應該會讓我進門。可是，我沒有這麼做。我覺得一旦做出那種事，我和她的關係就會淪為平凡的世間俗物。

這個世界上，只有我跟她共享《果青》這個故事。是特別的羈絆。我們之間的交流無人聽見，無人看見。在那個過程中得到的事物、失去的事物，只屬於我們兩個。相較之下，悼念和供品都顯得沒有價值。

我用手機打開我們去滯洪池時拍的照片。她在初夏的陽光底下微笑。離置身於寒風中的我太過遙遠。關於她的記憶模糊，曾經交談過的一字一句消失不見，只剩這張照片和幾封信。

我騎上腳踏車。無人的道路，正好可以讓我不用拭去奪眶而出的淚水。

塩原真夏小姐

第九集是在準備聖誕節活動。這些人一直在辦活動耶。

接續上一集的內容，八幡跟小雪乃、比濱同學分頭行動，不過他們在途中會合了。這三個人果然就是要在一起。

請兩人幫忙的那一段，八幡終於忍不住說出「想得到真物」。

根據之後的描述，小雪乃跟比濱同學好像也渴望得到「真物」（不知為何伊呂波也來參一咖，結果碰了釘子）。

「真物」會讓我聯想到妳。妳的死就是對我而言的「真物」。

死亡不會改變。也沒有個人差異。不可逆，又是絕對的，打個比方，就像光線和聲音都傳達不到的深不見底的大洞。我覺得我一直在沿著這個洞的邊緣走。視線範圍內的一切通通微不足道，扔進洞裡就沒了。

小雪乃在遊樂設施的車廂滑落的前一刻，對八幡說「總有一天，要來救我喔」。八幡還有機會救她。

我沒能拯救妳。沒有那個機會，也沒有那個力量。我能做的只有繼續寫信。有時我會試著窺探洞底。妳在那裡，但那不是妳。雖然我早就知道了。

杉元圭介

升上大二，我的生活仍舊沒有變化。

大學和打工場所都沒有人陪我聊天。習慣不了東京的生活，一直覺得喘不過氣。除了平常會去的地方，其他地方我都怕得不敢踏入。

坐在通往家鄉的電車上時，我才終於鬆了口氣。感覺像在搭乘從地底深處的坑道回到地面的電梯。狹長的軌道延續著我的生命。光芒朝外界的黑暗四散，留給我的只有微弱的光。我在那底下看《果青》。從第一集到第九集。看完後又從頭看起。終點並非終點。正因為知道故事還會繼續下去，才能重新開始。

她的故事中斷了。面對這個事實，我該如何找到妥協點？

我在熟悉的車站下車。電車留下我開走了。

塩原真夏小姐

六・五集要把時間往回推一點，是校慶後的運動會。跟七・五集這本短篇集不同，是長篇＋短篇的形式。

這次都是相模在惹麻煩。這傢伙真的是……跟校慶的時候比起來一點成長都沒有。自己什麼都不做，卻要求其他人提出意見，實在很會惹火人。

這種人將來會怎麼樣啊？還會繼續給身邊的人添亂嗎？搞不好她會在上大學後改變心態，過得很開心。

然而，她這個人的個性該說莫名寫實嗎，我也有跟她相似的部分，所以沒辦法真的討厭她。例如只有自我評價特別高，失敗後會鬧脾氣這一點。被朋友無視也是每個人都會經歷的事……啊，我沒有。幸好我沒朋友！

八幡和小雪乃依然精明幹練。感覺可以直接出社會了。（雖然我是邊緣人）最近我也開始聽別人聊到就職，所以我會站在那種角度看他們。我也能成為和他們一樣的優秀人才嗎？

我再也無法用跟高中時期一樣的角度看《果青》了。難搞的相模、溫柔的比濱同學、認真工作的小雪乃、在倒竿比賽上使出游走在犯規邊緣（已經一腳越過犯規的那條線）的手段的八幡，在我眼中都可愛又惹人憐愛。感覺像坐在觀眾席看小孩比賽的家長。過去，我身在侍奉社的社辦中。如今則是遠遠守望年紀比自己小的朋友的存在。

我為此感到有些寂寞。

杉元圭介

時光流逝，我的年紀跟八幡他們愈差愈多。也和不會長大的她愈差愈多。

假日，我沿著河邊騎在跟她一起去滯洪池的那條路上。風吹過遼闊的河岸。陽光將茂盛的青草照得閃閃發光。我想起在那間昏暗狹窄的病房與她共度的最後一刻。能隨手用運動飲料補充流失的水分，使我感到有點內疚。

塩原真夏小姐

重要活動結束後，第十集寫的是關於志願的故事。都到這個時期啦。不去煩惱自己的志願，而是在為其他人的志願煩惱，實在很符合八幡的個性。我高中的時候也沒什麼在為志願煩惱。邊緣人很閒，所以滿常把時間拿去念書的。

平塚老師叫八幡好好面對現實。叫他思考上大學後的未來。我也到了要認真思考這些事的時期。

跟妳在一起時，我真該更認真地面對現實。妳再度住院後，病情明顯相當嚴重。我卻不肯正視它。明知時間所剩無幾，我還是該好好面對妳。即使會遭到拒絕。

八幡回應他人的委託，葉山回應他人的期待。他們在我眼中顯得耀眼無比。儘管手段有所出入，他們都竭盡全力地在尋找跟其他人之間的妥協點。我沒有那種經驗。

明明是自己期望的邊緣人生，有時卻會覺得非常難受。

那種時候，我會想見妳。

杉元圭介

我在大學的食堂填志願調查表。明年起必須加入研討會。

現在是午餐時間，附近人很多。沒有同伴的只有我一個人。

跟八幡和葉山要考慮志願一樣，於食堂內迴盪的聲音，每個都有大學畢業後該走的路。

他們每個人都有一路以來看過的書。

我抬頭望向天花板，人聲嘈雜，掀起巨浪。其中沒有半個人是在跟我說話。

塩原真夏小姐

一〇・五集是短篇集。滿多輕鬆的故事。

看完六・五集時，我在為相模的未來擔心，這次則換成材木座了。這傢伙沒問題嗎……相模感覺還勉強有辦法到外面上班，材木座呢？他在不同於八幡的另一種意義上缺乏社會化啊。

這集出現一個叫大眾傳播研究會的社團，我念的大學也有類似的團體。雖然與我無緣。我參加的是所謂的回家社，所以我有點擔心求職會不會遇到困難。沒空擔心材木座了。

伊呂波在這方面似乎沒問題。她一定很會做人。她跟八幡玩得很開心的樣子。

我想起了跟妳一起去滯洪池的那一天。那是我人生中最美好的記憶。天空萬里無雲，眼前是一片美景，微風清爽宜人，妳始終帶著笑容。我大概會一直懷著這個回憶活下去吧。

八幡要為了學生會發行的免費情報誌寫專欄。現在回想起來，《果青》就是由他寫的作文揭開序幕的故事。而我受到他的啟發，開始寫信給妳。更進一步地說，是因為有《果青》我才有機會借妳這部作品，和妳聊了許多。很多人會說輕小說無益也無害，《果青》和八幡卻改變了我的人生。總有一天，我想轉生到那個世界向八幡道謝。雖然他八成會用「這傢伙幹麼啊」的眼神看我。

八幡動不動就會感覺到「終點」。我也該在跟妳相處時意識到終點的存在的。這樣就能將更重要的事傳達給妳了吧。儘管結局終將到來，應該也會在那裡留下些什麼。

杉元圭介

《果青》的最新一集出了，又過了一年。

我升上大三，加入了研討會。在裡面多少會跟身邊的人講點公事。聚餐則用打工當藉口推掉。

動畫二期開播了。有種跟老朋友見面的感覺。宛如回憶中的她。我不斷在腦內重播與她一同度過的短暫時間。

塩原真夏小姐

十一集是情人節回。

在策劃做巧克力的活動時，八幡他們想起侍奉社的第一份工作。當時比濱同學來委託他們協助她烤餅乾。

故事回歸起點時，代表終點一定快到了。

葉山和三浦他們、伊呂波、陽乃小姐、玉繩、折本等之前出現過的角色通通登場。能將這些人召集到烹飪教室，是侍奉社的成果，是他們的終點站。

之後故事的中心大概會從社外人士，轉為以侍奉社的三位成員為中心吧。三人在水族館約會完後，提出各自的委託。始終在為外人解決問題的三人，第一次面對彼此。

明顯快走到結局了。

無論會是什麼樣的結果，我都想見證到最後。我不想跟妳去世時一樣，事後才從他人口中得知。我不想被故事排擠在外。

不過，這個故事結束後，我該何去何從？我能去往何方？完全無法想像。

杉元圭介

雖然到處都在說人手不足、賣方市場，我找工作找得挺辛苦的。面試官沒低頭求我去他們公司上班，也沒開出年薪一千萬日圓的條件。結果，我拿到一家工作無聊，但看起來還算佛心的公司的內定。

之後我便關在圖書館亂掰畢業論文，好不容易順利畢業。

成為社會新鮮人的我，開始在東京一個人生活。

這段期間，《果青》一直沒出。

儘管沒有學生時期那麼頻繁，我會去重看《果青》。每次都會想起她那句「不想看了」。

很多人不會把一個故事看到最後。再怎麼受歡迎的作品，銷量都會隨集數遞減。讀者一個個棄坑。理由應該有很多種。說不定單純是膩了。說不定超越了那個地步，成了黑粉。說不定是沒錢。說不定死了。

他們不如追完整部作品的人嗎？跟只看到一半的她比起來，我是更優秀的讀者嗎？

塩原真夏小姐

睽違兩年的十二集出了。不知不覺，我已經踏出社會半年。

開頭像要填補這段間隔似的，幫讀者做了前情提要，但我仔細預習過了，所以銜接起來沒有障礙。

小雪乃的委託（不如說「願望」？）揭曉。至於她的夢想是否會成真，八幡和比濱同學一定會照她所說，見證到最後吧。

劇情以舞會為中心發展，大魔王——小雪乃媽媽終於登場。在她面前，連陽乃小姐都只是個小魔王。雖然陽乃小姐的目的好像只是搗亂，某種意義上來說比大魔王更難纏。

很多事情不能光由八幡他們做決定。家長的意見不容無視，校方不准的話舞會也絕對開不成。

即使如此，八幡他們仍在努力靠自己做決定。換成是我，八成會放棄。是什麼東西讓他們這麼努力？是因為年輕氣盛嗎？如果將其歸因為主角光環，可能又太武斷了。

八幡說「就算上了大學，恐怕也不會遇見命運的邂逅或決定一生的夢想」。也許如此，也許並非如此。不是因為他們還年輕，而是這個故事尚未結束。

那我又如何？我覺得自己身在已經結束的故事中。

陽乃小姐直接跟八幡明說他們之間的關係叫「共依存」。我依存在妳——更正確地說，是依存在妳的死亡上。每天無精打采，不去交朋友，不好好吃飯，對世上的一切漠不關心，都是因為我將自己塑造成「失去心愛之人的男人」。有這個前提存在，我才能維持自己的樣貌。《果青》是用來將我和妳這個依存對象聯繫在一起的手段之一。自從妳把書還給我後，我一直是這樣自己一個人看，所以我不知道還能用什麼方式閱讀它。

我閱讀《果青》的方式一定搞錯了。早知如此就不該追著進度看。早知如此就不該渴望什麼「自己的書」。

真想讓一切重來。從妳第一次在教室跟我搭話的那一天起。

杉元圭介

一年的時間過去。

時間過得好快。我有了後輩，已經不算社會新鮮人了。

第十三集的書腰寫著「故事邁入最終章——」。我猶豫著伸出手。

塩原真夏小姐

故事進入最終章，一開始的「比賽」被重新提起。

而提議舉辦那場「比賽」的平塚老師，即將離開總武高中。

故事是為了結束而開始。我明明是在知道這一點的前提下看起《果青》的，現在卻害怕著故事迎接結局。

若能和妳分享我的不安就好了。可是，我再也回不去有妳在的時間。

八幡、小雪乃、比濱同學的時間也即將結束。他們三個肯定懷著同樣的願望。三人都想尊重彼此的做法，卻漸行漸遠。

他們再也回不去第一集剛開始時的關係，也回不去在侍奉社社辦共度的時光。

完結的故事會去往何方？被黑暗吞沒？不斷在虛空中飄浮？重生為其他東西？
故事結束後，會留下什麼呢？

杉元圭介

日子沒有過完的一天。

出社會第二年的我，不可能接到足以讓公司、業界、世界產生變化的工作，一天、一星期、一個月在處理日常業務的過程中流逝而去，季節更迭。

完結篇第十四集當初預計在二〇一八年三月發售，結果延期了好幾次。

我並不會覺得迫不及待。我不太會有**等待**的感覺。時光流逝，代表我離跟妳一起度過的時間愈來愈遠。我不會想接近未來的存在。

發售日當天，我在下班後去了趟書店。整個輕小說區都在為第十四集做宣傳。一名穿制服的少年從平臺拿了一本，走向櫃檯。若他今年高二，第一集出的時候就是小二的三月。動畫二期開播的時候也國一了。不曉得他得知這部作品的契機是什麼。

他肯定不會像我這樣看《果青》。我也沒辦法跟和八幡同年的他用同樣的角度閱讀。

我呆站在書架前面。無數個小雪乃在對我微笑。

塩原真夏小姐

這一刻終於來臨。

那兩個難搞的人，八幡和小雪乃對對方表明心意，竟然成了明眼人都看得出來的情侶。比濱同學想要三個人一直在一起的願望也實現了。就我看來，誕生了小町×伊呂波這個尊到不行的配對非常讚，不過先不講這個了。

跟隨他們和她們一年來的腳步走的漫長旅途結束了。

原本還在擔心《果青》完結後，我不知道會有什麼反應，例如難過得淚流不止、被空虛感搞到什麼事都不想做之類的果青完結後遺症，不過並沒有。我知道八幡、小雪乃、比濱同學至今依舊身在總武高中的那間社辦。沒出三年級篇我也知道，所以沒必要寂寞。

妳會不會也在那裡？說不定妳在某處跟他們擦身而過了，說不定你們念的是同一所高中。雖然這樣講跟夢小說一樣，完結的故事和去世的人一定會抵達同樣的場所。

我在上一封信寫到「真想讓一切重來」。可是現在，我不想像這樣感到後悔。八幡對小雪乃是這樣想的——「這些話不可能讓她明白。不明白也無妨。傳達不到也無妨。我只是想告訴她」。就算我閱讀《果青》的方式是錯誤的，我也能抬頭挺胸地說，我想將自己對這部作品的感想傳達給妳、明知無法傳達仍然不斷寫信，這麼做是沒錯的。不能說這是錯的。

八幡說要「結束我那故意搞錯的青春」。以受到他人逼迫的形式揭開序幕的故事，最後也是因主角的決定而落下帷幕。

我也想做出決定。儘管非常微不足道，我相信這樣可以報答《果青》和妳的恩情。

杉元圭介

沉浸在故事跟回憶中的我，總有一天也會被現實追上。

於是我抵達了這裡。不如說回到了這裡。

我下了公車，走在縣道上。乾燥的冷風吹過狹窄的道路。

她的家外觀和六年前並無二異。線香的白煙在門口的鹵素電暖器的加熱下，散發出更加強烈的哀愁。

我不知道七週年忌在宗教方面有何意義，不過做個了斷是很重要的。人類受不了沒有分段、一直持續下去的故事。

有幾個跟我同輩的人坐在佛壇前，但大多是不認識的。推測是親戚和小學、國中的朋友。她念高中的時間實際上只有一年左右。

宇都宮美織現在染成比高中深的髮色，妝卻濃得跟夜店小姐一樣。穿著吊帶襪跪坐在地上的雙腿，在屁股下面動來動去。

聽說七週年忌經常只有家人參加，我是主動聯絡對方，請他們讓我出席的。

我一直在逃避法事。我想獨占她的死。她的死對我而言是唯一的「真物」，一切的基準。其他人怎麼想與我何干。

然而，光這樣無法使我的心情平靜下來。死亡這種東西，存在只能藉由世人追悼死者的儀式平息的部分。就算不講出來，也得靠某種行動與他人共同分擔這份心情。

是《果青》推了我一把，讓我來到這裡。八幡做決定時，我覺得自己也必須採取行動。第一次寫信給她，也是拜《果青》所賜。我總是把決定權交給故事。

法會結束後，我吃了塩原家叫的外送壽司，離開她家。

我站在大門口旁邊的公車站等車，冷得縮著身體的宇都宮走了過來。她用指尖拎著手提包，一副太冷不想碰提把的樣子。

「好久不見。」

「嗯。」

「朋友沒跟妳一起離開嗎？」

「旁邊那些不是我朋友。他們是真夏的國中同學，我是在補習班認識她的。」

她站到我旁邊，打了個大哈欠。

「好想睡。」

「辛苦了。」

「因為我剛上完夜班。和尚念經的期間真的爆炸想睡。」

我心想，夜店小姐的工作也能叫夜班嗎？

「妳的工作是？」

「護理師。」

「咦？」

「我在紅十字會，有需要就來吧。」

「原來是那啊。以前我長水痘的時候去過。」

她從我背後走過去，看公車時刻表。淡淡的甜美香氣掠過鼻尖。

「我有點意外妳會去當護理師……」

「真夏住院的時候，總是非常感謝護理師，所以我也想做那種能幫助別人的工作。」

在我將塩原的死視為「真物」、一個大洞的期間，宇都宮從她的死中得到了什麼。將中斷的故事連接起來。和只會哭哭啼啼的我正好相反。

她把用手指勾住的手提包當成鐘擺晃了下。

「那個時候對不起喔。她叫你不要再去看她，你很受傷對不對？」

「沒關係。」

我伸手搓了下鼻子。

「在那之後，她也有叫我別再來了。真夏當時瘦到不行，總是很不舒服的樣子，還變得會遷怒在媽媽身上。」

「這個……嗯，或許吧。但我記憶中的塩原很溫柔，一直都是面帶笑容。」

「我也是。她真是個好孩子。」

她在高中這個大家都很幼稚，像八幡和小雪乃那樣講話只會拐彎抹角的年紀，預料到自己的死期，真的很可憐。

一輛大卡車從我們旁邊經過，廢氣的臭味令我屏住呼吸。

宇都宮看向我。

「對了，《果青》完結了耶。」

「咦？」

出乎意料的詞彙從她口中冒出，我嚇了一跳。「妳怎麼知道？」

「我一直有在看。一開始是真夏借我的。」

「那是我的書。」

「不過你寫的情書她就不肯給我看了。你每次都會附上呢。」

「呃，那不是情書啦。」

我把手插進外套的口袋。宇都宮微微揚起嘴角。

「最後果然是選小雪乃。我是結衣派的說。」

「噢……對結衣派的人來說，結局挺遺憾的……」

「看到八幡去結衣家做水果塔的那段時，我的感覺是『啊……』。太快營造出浪漫氣氛了啦，還剩四百頁左右耶。」

「要說的話我也挺緊張的。還有一些篇幅就告白成功，拜託不要之後來個大逆轉啊。」

公車從車站的方向開來。空位很多，所以我們並肩坐在最後排的位子。

她從手提包裡拿出純白的手帕，捂住鼻子。細錶帶手錶往手肘滑落一些。

我重新繫緊領帶。

「到站後要不要找個地方坐下來？我很久沒跟人討論《果青》了，想多跟妳聊聊。」

「是可以。」

她看了手機一眼。

「那就來聊我去果青Ｆｅｓ時的事吧。」

「你有去參加呀？」

「一般來說都會去吧。可以看到江口拓也早見沙織東山奈央耶。渡航也在場。」

她噘起紅潤的嘴唇說：

「我不敢一個人去那種活動。」

「那天龍寺的竹林總該去過吧？」

「你去過喔？那是戶部想跟海老名同學告白的地方吧？要我跑到京都有點困難。」

「一般來說都會去吧。那可是聖地。」

「我開始搞不清楚一**般**的定義了。」

我是個一般人。不是什麼特異人士。不會有人羨慕我，我也無法影響其他人。

但我並不邊緣。《果青》的讀者全是我潛在的朋友。

追一部作品跟一個故事很像。

我也是一個小小的故事。

我們朝著「真物」邁進。

雖然沒能拯救妳的我講這種話很奇怪，等我抵達那裡時，還請救救我——我跟在得士尼樂園向八幡求助的小雪乃一樣，向她祈願。

「妳太嫩了。我看妳得先從千葉的聖地開始跑起。」

我邊滑手機邊說。

停下來等紅燈的巴士再度搖晃著駛向前方。我還想再寫信給她。這次要寫的是關於新故事的信。

車站進入視線範圍內。我肯定又會自然而然走向那家書店。

即使不知道從那裡開始的會是什麼樣的故事，我下定決心，不會再讓自己被排除在外，也不會再讓它中斷。

完

果然，人多嘴雜。

王雀孫

《九十九天後會死的滿等的我被騎士團趕走一邊過著慢活生活一邊在迷宮裡開無雙擊退反派聖女跟魔王》

「夠了！你給我滾出這個國家！」

殺掉一隻非常強的巨龍時，忽然有人對我口吐暴言——

「你的所經之處必定會有棘手的災厄來襲！該死的死神，別再把更難纏的怪物引來我的國家！」

「呵，是嗎……」

我驚訝得不禁失笑——聽說人類直接面對令人驚訝的悲傷時，反而會驚訝得笑出來。看來百戰百勝的我也不例外。

這個能夠預測災厄的破格罪孽（技能），以及只是想救人的純粹的正義感，竟然會害人產生這樣的誤會，我非常悲傷，忍不住笑出來——

「呵，明白。再會了，願汝等幸福——」

就這樣，我離開養育我長大的心愛的國家——

——離命運之夜，剩下九十九天。

× × ×

「這什麼東西。」

看完那篇文章，我誠實的感想就這五個字。還不小心連敬語都忘了用。這什麼東西。盤踞在腦中的無數疑惑，反而統整成簡單的結論。或者說這不是感想，而是化為言語的嘆息。

「老師?那個，請問這是什麼?」

過了一拍她還是沒回答，因此我從印著糞作的那疊A4紙上抬起頭。隔著桌子坐在我對面的，是神情自若的國文老師——平塚靜。

「什麼叫『這是什麼』。比企谷，問問題的時候要講清楚。」

「請問您給我看的是什麼東西？」

我回應她的要求，正式提出明確的疑惑。

「小說。」

她正式回以明確的答案。

「小說……嗯，是沒錯，姑且算是。」

我將視線移回紙上。啪啦啪啦地從上面翻過幾張。超常對別人嗤之以鼻的主角正經又奇妙的旅程，以摘要的形式呈現於紙上。「呵」這句臺詞出現的頻率好高。這個主角的笑聲種類好貧乏。而且敵人和夥伴的語氣超做作。我都用舞臺劇的語氣在腦內播放。還有文言文跟白話文夾雜，看得我頭都痛了。然後不要把破折號當成句點逗點用。罪孽（技能）又是什麼鬼。總之吐槽點多到不行。整體上來說——

「這什麼東西。」

就是這五個字。

「要刊在文藝社社刊上的稿子。」

平塚老師終於給了一個有建設性的答案。

「儘管是篇拙文，用你寬大的心胸包容它吧。這是創作資歷不到一年的一年級社員們的作品。」

「作品。」

日文真是心胸寬廣的語言。

「為什麼要給我看？」

「你跟同年代的人比起來，讀書量算多的吧。你覺得如何？針對目前看到的內容發表感想就好。」

「喔。」

我也不是沒心沒肺的人，對方認真徵求我的感想，多少會有點難以啟齒。俗話說「別罵小孩，每個人都走過這條路」。既然我已經得知對方是新手這個基本資料，認真批評可能會被人覺得太幼稚。

「能看啦。」

我把開頭的「根本不」省略掉。

「總之，我感覺得到他們想寫出好作品的意志。」

不如說只感覺得到這個意志。總之想讓書大賣的意志。為了衝銷量將想得到的人氣要素通通塞進去的意志。從那加了各種要素的無節操書名來看，這部作品充滿作者迫切的願望。大概是想反過來讓人覺得「這個書名ｗｗｗｗ」戳讀者的笑點，但他們的意圖表露無遺，反而達不到預期的效果，就只是個失敗作。

「這回答挺模稜兩可的。」

「沒啊。我覺得能看啦。」

我再度省略「根本不」兩個字。

「哦。」

平塚老師簡短應了聲，這聲「哦」不是「這樣啊」的意思，而是在問我「然後呢」。她要我給予更詳細的評論。真的假的。這人今天好不知足。

「嗯，與其說意志，總之就是氣勢。作者的熱情很驚人。有種『跟技術無關，這就是我的饒舌』的感覺，所以我決定投這位選手一票。」

我已經掰不出感想，便讓昨晚碰巧看到的饒舌對決節目的評審附身在我身上，代替我作結。接下來 Zeebra 先生應該會幫忙把鏡頭交給怪物房。（註 2）

「原來如此。還有呢？」

可是我們的靜小姐十分纏人。沒有篇幅這個概念。

「還有呢？」

我反射性回問，也是在委婉表示「沒了啦」。

「真不像你。你還有其他意見吧？大可適度說明喔。」

「那，很無聊。」

平塚老師下達許可，我便恭敬不如從命，她話才剛講完就立刻回答。

註 2　Zeebra 為日本的饒舌對決節目《Freestyle Dungeon》的主持人，該節目會邀請來賓擔任讓挑戰者挑戰的「怪物」，於怪物房待命。

「很無聊，不如說超難看。完全不覺得之後的劇情會變精采，看完開頭就能棄了。」

「原來如此。」

聽完我誠實的感想，平塚老師反應十分平淡，彷彿早已預料到。

「那我問一下哪裡無聊，做為參考。」

國文老師總是會想知道奇怪的事。我將那疊紙放回桌上。

「這個嘛，無聊的點在於太無聊了。」

就是無聊。除了無聊外沒有辦法形容。

不是讓人懷疑自己眼睛有問題的誇張內容，字裡行間也沒有透露出作者強烈的風格。時間在閱讀過程中白白流逝，虛無型的無聊。

我仔細地說明。

「這樣啊。了不起，比企谷。」

「咦……？」

比企谷八幡鮮少得到稱讚。直覺告訴我這是個陷阱。我被套話了。

「既然知道問題出在哪裡，你應該能讓這部作品變有趣。」

「不，這個理論有問題。」

如果這個理論說得通，網路上全是一流作家跟一流編輯了。我們是因為不用負責才能客觀地講出真理。來吧各位，今天也匿名狂批糞動畫和糞輕小，以導正世界吧！

在我於心中玩起正義的網路義勇軍遊戲（我並沒有真的幹過這種事）時。

「你看一下。」

平塚老師拿起那疊紙，抽出最底下的那張遞給我。

×　×　×

「可惡！這男人太強了！」

「我們幾個等級超過二十，竟然連他的一根手指都碰不到！」

山賊們見識到我驚人的劍技，嚇得兩腿及聲音都在顫抖——

「呵，真不好意思。我的等級——是滿等。」

我舉起連岩石都能劈開的大劍，用迅雷不及掩耳的速度一揮——

咻————！

——疾風呼嘯而過，接著是剎那間的沉默。敵人一個個應聲倒地。

不知為何，勝利過後總會有股空虛感——我轉過身，準備離開靜寂的戰場。

「謝、謝謝您，聖騎士大人！」

惹人憐愛的聲音從背後傳來——是在這塊無名的邊境遭到山賊襲擊的村姑。

「呵，聖騎士嗎——」

然而，現在的我沒資格被人用這個懷念的稱號稱呼，僅僅是——一介旅人。

「真是有趣的女人——回去時小心點啊。」

——離命運之夜，剩下二十四天。

× × ×

破折號還是一樣煩到不行。

還有那個女人有講什麼有趣的話嗎？

還有從開頭到這段劇情好像經過七十五天了，還在寫這種日常劇情沒問題嗎？

魔王登場了沒？

「怎麼樣？」

「能看啦。」

她再度徵求我的感想，我再度隨口回答。

「我說的不是那個。」

平塚老師卻搖搖頭。

「倒數計時不是結束在『剩下二十四天』嗎？不過，那是最後一頁。」

「嗯，對啊。」

她說得沒錯，雖然我因為完全不好奇後續的關係，沒有注意到。這裡不存在故事的結局。有的只有「努力撰寫中」，或是寫到一半就棄坑。

不重要就是了。

「我想請你幫忙寫後面的部分。」

「啥？」

平塚老師開了個荒謬的玩笑。她的表情完全不像在開玩笑，但那句話怎麼聽都是在開玩笑，所以肯定是開玩笑的。

「啥？啥？」

我問了三次「啥？」，打算問到平塚老師回答「開玩笑的啦」為止。

「比企谷，這裡是哪裡？」

「哪裡……呃，侍奉社社辦。」

雖然兩位社員有事，今天只有我一個人。

「是啊。對吧。沒錯。」

聽見我的回答，平塚老師滿意地點頭。

「所以，希望你想辦法搞定這份沒寫完的原稿——這是文藝社的有志之士向侍奉社提出的委託。認真工作啊。完畢。」

「不不不不。」

我搖頭搖到脖子都快斷了。真希望我的頭直接掉下來，擊中平塚靜的臉。

「您在說什麼啊？我完全無法理解。叫我想辦法搞定，咦咦，這什麼隨便的委託……不對，這是文藝社的作品吧？」

「嗯，文藝社成員的接龍小說。」

「接龍小說？」

由好幾個人按照順序接著寫的那個接龍小說？

經她這麼一說，我重新拿起原稿翻閱，儘管沒有註明每位作者，每一段的文風……不如說文筆確實有差。大部分都是不成熟的練習等級，但其中也有幾段能看的文章。

「發現了嗎？沒錯，裡面分成會寫的人跟不會寫的人。」

平塚老師抬起下巴，指了下我手中那疊辦公室用紙。

「社團也是一個社會的縮影，有等級差距的話，各種摩擦也會隨之而生。簡單地說，現在社內的氣氛似乎很沉重。」

「哦……認真寫的人跟寫好玩的人有點起衝突的意思。」

不意外，畢竟平均水準太那個……可是太自我感覺良好也很恐怖……對於認真型文藝社的同情，以及對於休閒型文藝社的共鳴同時湧現。雙方的心情我都能理解。

不過，該怎麼說呢。同好難得聚集在同一個地方，卻把氣氛搞得這麼僵，都不知道那個社群是用來幹麼的了。人果然不該群聚。邊緣人最強論的可信度又提高一級了……

「就是這樣，原本打著要讓社員團結的名義制定的接龍小說企劃，如今似乎只是爭執的源頭。」

「那乾脆中止企劃不就行了？」

反正寫出來應該也不會是多好看的作品。

「哪那麼容易。中止企劃的話，想繼續寫的人心裡會有疙瘩。」

連這個都要再吵一次啊。真麻煩。邊緣人果然是最強的。

「打個比方，由你以優秀講師的身分參加，把這部作品的品質整個拉高，這個選項如何？」

平塚老師露出像在試探我的笑容。

「並不想。」

超級不想的。這人以為我是誰啊，我沒那個能力也沒那個神經。

「再說，非社員的外行人插手管這種事，只會害氣氛變更差吧。」

說著，我腦中瞬間浮現一個想法。如果有個共通的敵人，能否提高社員的團結力？我吐出一口氣，移動視線。茶具擺在原位。現在這間社辦裡，沒有紅茶的香氣。

「這個選項麻煩作廢。」

我斬釘截鐵地回答。

「我想也是。」

平塚老師露出溫和的笑容。

「用其他手段應該比較好。總之想點辦法吧，拜託囉，侍奉社。」

「咦咦——」

講得好像有很多手段可以選的樣子……

「呃，是說，今天另外兩個人沒來，不能憑我的一己之見接下委託。」

「有什麼關係？跟她們說這是平塚案件就好。」

「您一副這不是平塚案件的態度，這可是顧問對社員的職權騷擾喔？咦，在這個時代做這種事沒問題嗎？」

「那就交給你們了。」

我暗示她這樣會違法，平塚嫌疑犯迅速離開社辦。

獨自留在社辦的我，盯著平塚老師放在這邊的那疊辦公室用紙。

「唉……」

這麼順手就把麻煩事塞給我們處理。然而，既然她說這是社團活動——工作，那我也沒辦法。平塚老師近似道德綁架的行為把我訓練得愈來愈社畜，無法違抗「因為這是工作」理論。工作真的是壞文明。

不過，幸好我和一位立志當小說家的人有著奇妙的緣分。那男人好像隨時都在缺讀者，而且他應該特別適合寫這類型的小說。品質暫且不提。

回家後，我聯絡了材木座義輝。

×　×　×

《九十九天後會死的滿等的我被騎士團趕走一邊過著慢活生活一邊在迷宮裡開無雙與反派聖女度過幸福快樂的生活～復活的暗黑四天王篇～》

同一時間，夜幕降臨魔界神殿（Demonium）。

異端審問官（Judgement One）下到綻放鮮豔光芒的祭壇上。

「時機已然成熟……甦醒吧，同胞。」

回應他的聲音，從黑暗中冒出的影子是泡沫。

「嘿嘿嘿，闊別千年的重力真讓人受不了。」

燃燒的冷氣。凍結的火焰。永恆的二律背反。

「嗯——好棒的黑暗（天氣）！欸欸！我可以去殺（玩）一下嗎？」

滿溢而出的魔力元素（Mana），是不知停止為何物的時間的奔流。

「呵呵呵……久等了，遙遠故鄉的末裔們啊。」

於街道上行走的不幸旅人，最後看見的景色是——

「嗚、嗚啊啊啊啊！你、你是什麼人——！」

——偉大的英雄，真理的旅人。

「呵哈哈哈！吾乃獨眼的魔龍！暗黑四天王之一，『於黑暗中爬行者』，支配（Control）黑影及腐敗的混迷的材木！」

那一天，永恆的終結降臨世界。

——離命運之夜，剩下九天。

× × ×

「這什麼東西。」

看完那篇文章，雪之下雪乃開口就是這五個字。

我無視她像在責問我的視線，跟平塚老師一樣假裝聽不懂。

「什麼叫『這什麼東西』。問問題的時候要講清楚。」

「…………」

雪之下輕聲嘆息。

「那我重問一次。你給我看的是什麼東西？」

「小說。」

「小說……嗯，是沒錯，姑且算是。」

這支支吾吾的說話方式好熟悉。

「這是某位立志當作家的高二男生提供的文章。儘管是篇拙文，依然是當事者傾注靈魂的作品。」

「作品。」

雪之下將視線移回稿紙上，眉間逐漸擠出細紋。

「這叫作品……是嗎，日文真是心胸寬廣的語言。」

我感到一陣焦躁。這女人不會把我拿來的原稿拿去作廢吧……？

但我也很能體會雪之下的心情。昨晚閱讀材木座給我的這篇小說時，我被那強烈的自我滿足味嗆得眉頭緊皺。是說中二病都很愛把名詞放在句尾耶。

順帶一提，雪之下才看完第一段。要是她知道後面還有九段都是出自材木座老師之手，不曉得會露出什麼樣的表情。

不管怎樣，那是昨晚的我。讀者．比企谷八幡。

現在的我是編輯．比企谷八幡。而且是相當缺乏專業意識的爛編輯。若我真的是編輯，就是那種會無意間傷到作家，在社群網站上瘋狂爆料的類型。

而且，「想要做一本好書」的這種理想，也不存在於我心中。我會分得很清楚，作家是業者，讀者是顧客，每天只會想著該如何讓工作順利進行。我想成為這樣的編輯。不，也不能這麼說，但我會扼殺自己的感情，以便輕輕鬆鬆地完成工作。材木座的小說我也會拚命護航。

這可是我難得違背良心向他低頭，搬出各種好聽話，又哄又騙才好不容易讓他寫出來的稿子。某種意義上等於是我的孩子。事已至此，作品本身的品質我就不管了。反而可以說孩子傻一點才可愛。我想守護這孩子，還有想快點搞定工作。

這件事本來是因我自己一個人而起的，雪之下雪乃的加入十分令人心安。考慮到她優秀的能力，可以說拿到了通往收工的特急券。

然而，雪之下有時會想把事情做到完美。至少這次的工作，她的完美主義是不必要的。根本不能吃的素材，再怎麼努力調理都無法變成味噌。既然如此，乾脆對品質睜一隻眼閉一隻眼，以拿出成果為目標即可。

由社外人士投稿到文藝社的社刊，藉此讓這篇接龍小說完結。這樣就不算支持中止派或繼續派的任何一方。

至於品質，我完全不介意把它當成是因為收了社外人士的稿件的關係，才導致品質大幅下降。不如說我打算這樣對外宣傳。如此便能保住擔心文藝社招牌被砸的實力派的面子。作品的平均品質下降，非實力派的人應該也不會覺得那麼丟臉。當然不可能一切都這麼順利，不過這部分就請老實的仲介人平塚老師從中協調吧。她都說這是平塚案件了，這點小事一定會願意幫忙。

以上就是針對這件委託的對策。

雪之下應該也已經知道了。

「妳懂吧？品質並不重要喔？」

「話雖如此，若不維持在最低標準，會衍生出許多問題。」

呃，妳說的也有道理……可是最低標準大概在哪個程度？太籠統了，我非常不安。

「那我先確認最基本的部分。」

雪之下整理好手中的原稿，然後翻開一頁。材木座老師的缺席審判開始了。

「首先，這個叫獨眼的魔獸的東西是什麼？」

雪之下清澈的聲音，現在聽起來寒冷如冰。

嚴格說來，那應該不是魔獸，而是魔龍，不過老實說一點都不重要。沒名字甚至也沒差。反正就是隻小怪。但我也沒理由不回答。

「那傢伙啊。他是暗黑四天王之一『於黑暗中爬行者』，支配（Control）黑影及腐敗的混迷的材木。」

「這樣呀。那真是太好了。」

為什麼呢？我只是把別人寫的東西唸出來而已，卻覺得全身發熱。或許語氣該更缺乏起伏一點，不如說該營造出一種唸得很不甘願的感覺。我抓了下旁邊的頭髮，蓋住八成紅得跟什麼一樣的耳朵。

「可是我想問的不是那個。」

既然妳想問的不是那個，可不可以早點阻止我。為什麼要讓我連「混迷的材木」都清清楚楚地講出來？她是S嗎？

「那我換個問法。這個叫材木的角色，在寫作上的功用是？」

功用啊，是什麼呢……我咻咻咻地滑著（物理上的意思）材木座的原稿，重新確認。混迷的材木先生放話說「我要讓世界被黑暗籠罩——」。

「好像是想讓世界被黑暗籠罩的反派角色。本人是這樣說的。」

「那是劇情上的功用吧。我想知道的是寫作上的功用。」

「喔，那個啊。」

是哪個呢。看來雪之下老師是會想靠理論理解作劇法的人。她感覺就會去讀《好萊塢式腳本術》。

「寫這篇小說的男學生──勉強稱呼他為作者吧──我想知道的是作者的目的。」

雪之下用拳頭抵著雪白的下巴，陷入沉思。

「在故事進入尾聲的這個階段，出現了四個新角色。恐怕有著跟劇情結構相關的重要意圖。」

「不，沒有吧。畢竟是材木座。」

我不認為那傢伙會去研究劇本結構論。他感覺就是那種會把沒興趣的作品的情報都上統整網站看過一遍，稱之為研究的類型。還有，講點題外話，他感覺就是那種會把亂逛宅店稱之為市場調查的類型。

「暗黑四天王（笑）大概是那個。從他的靈感筆記本裡隨便拿來用的原創角色。畢竟是材木座。」

我忽然發現，我不知不覺放棄幫材木座老師護航了。算了。畢竟是材木座。

「那看來將它視為劇本中的雜質處理會比較好……」

雪之下導演彷彿在把劇本當成刀具研磨。暗黑四天王篇，默默迎接終結。

「話說回來，最重要的主角在做什麼？」

「那個一輩子都在對人嗤之以鼻的男人，有做什麼足以用『重要』形容的大事嗎？」

說實話我根本還沒看。

「不好說呢。如果是制裁惡人，救出被囚的女性的劇情，已經重複十次以上了，」

「妳記得真清楚。」

「完成委託後，我有自信能在五秒內遺忘。」

儘管如此，雪之下還是看得很仔細的樣子。好厲害，看那東西應該挺痛苦的。她是M嗎？

「是說那個毫無計畫性的接龍小說，竟然也有姑且稱得上是劇情的東西，真令人驚訝。」

我更納悶暗黑四天王篇到底是什麼了。

「……比企谷同學，雖然我想不會有這種事。」

雪之下導演的聲音變得更加冰冷。

「你應該有看過全文大綱吧？」

「唔咦？」

我啞口無言，不小心發出萌系角色的聲音。

「…………」

導演的眼神愈來愈無奈。

「哦，原來有那種東西。我都不知道。」

「不存在卻存在。」

「這什麼哲學問題？腦筋急轉彎？」

雪之下無視我的疑惑，取而代之的是從原稿中抽出一張紙遞給我。我接過它，大略看了一遍。

「……原來如此，有跟沒有一樣。」

「嗯。」

打著全文大綱（暫定）的名號的那東西，是把那個尷尬冗長的書名直接拉長成三到四倍的字數寫成的簡陋故事梗概。

意即以形體來說確實存在，內容卻等同於不存在。

「白看了。」

「是啊。」

這件事果然要盡快搞定。我重新下定決心。

×　×　×

《九十九天後會死的滿等的我被騎士團趕走一邊過著慢活生活一邊在迷宮裡開無雙與反派聖女度過幸福快樂的生活～征服世界篇～》

基於謹慎的事前準備及收集情報，最終決戰以我方壓倒性的優勢揭開序幕，成功殺死魔王。

理論上來說，四天王沒道理比魔王強，所以四天王也很快就殺掉了。

剩下的敵人當然也殺了。

除此之外，現階段所想得到的敵人也通通都殺了。例如之前遇過的敵人、之後應該會遇到的敵人、不知為何在獨白預告過的敵人、埋了一堆自以為厲害的伏筆的敵人、僅僅是在開頭有些過節，忘記回收伏筆的敵人、在劇情中盤遭到放置的敵人、在劇情終盤忽然出現的敵人。

另外，除了物理上的敵對生物，在其他領域可能會造成阻礙的敵人也殺掉了。例如講好聽一點叫複雜，講難聽一點叫亂七八糟的人際關係製造出的敵人、極其扭曲非現實的社會結構製造出的敵人、所有愚鈍民眾製造出的敵人。

而且，在精神方面會造成諸多問題，意即所謂的內因性的障礙也殺掉了。

結果，阻擋在我面前的敵人全被我殺得一乾二淨。

「勝利總是空虛的。」

達成打倒魔王這個目的後，我該做的只剩支配世界了吧。

為此有三個步驟要做，而那三個步驟又能再細分成三階段。

我將依序說明。

——離命運之夜，剩下七天。

×　×　×

「這什麼東西。」

看完那篇文章，由比濱結衣開口就是這五個字。

我無視她像在詢問我的視線，再度假裝聽不懂。

「什麼叫『這什麼東西』。問問題的時候要講清楚。」

「…………」

由比濱「嗯——」煩惱地皺眉。

「呃，就是，這個東西……是什麼？」

「小說。」

「嗯、嗯。是啦，我大概看得出來……」

這支支吾吾的說話方式好熟悉。

「這是某位冷血的高二女性提供的小說。是部傾注靈魂的作品。我並沒有要她寫，然而無法否認的是，當事人拿出全力的成果，這次似乎不怎麼理想呢……」

「作品。」

由比濱將視線移回稿紙上。垂下眉梢，表情帶有淡淡的哀傷。

「啊，講點題外話，最近我在電視上看過有人說『日文真是心胸寬廣的語言～』。」

「呃根本不是題外話吧。」

前後文的關係可大了。

然而，我也不是不能理解由比濱的心情。

雪之下說什麼「事關侍奉社的名譽」，展現莫名的堅持，花了一個晚上寫出來的就是這東西。

吐槽點很多，一言以蔽之就是她太討厭劇本中的多餘之處，把她視為多餘的部分盡數刪除。殘酷的是，魔王在開頭就死了。四天王也順便死了。不如說所有敵人都被屠殺殆盡。小雪乃是精神病患嗎？

由比濱卻堅強地握緊拳頭，試圖為如此具有特色的小說護航。

「嗯……不、不過，很符合小雪乃的個性啦！這種，沒有多餘之處的感覺。」

「是啊。她兩三下就把疑似派不上用場的登場人物處理乾淨。」

其殺傷力被小林製藥看上，拿去做成殺角色用的藥品都不奇怪。

「可、可是她這樣一改，故事節奏變得很輕快呢！一下就看完了！」

「是啊。快速殺光敵人，然後又用驚人的速度準備支配世界。」

征服世界所需的三步驟是什麼啦。要是我在書店看到那種勵志書，一定會毫不猶豫燒掉它。立刻燒掉。接續在後面的文字隱約可見雪之下小姐潛在的願望，使我感到恐懼萬分。

「呃，嗯。那個啦，或許是因為前面的劇情太糞，那傢伙也看得很煩躁吧。我不知道啦。」

儘管稱不上護航，我暫且下達結論。不對，更正。除了下達這樣的結論做為妥協點外，我想不到以後該如何跟雪之下繼續相處。

總而言之。

「那接下來交給妳了。」

「咦？」

我把原稿塞給目瞪口呆的由比濱，掉頭就走。回家後跟小町一起耍廢。但願這

樣的生活能永遠持續下去。明天會更～開心對不對！哈姆太郎？(註3)

「等、等一下自閉男！咦，什麼叫交給我了？」

結果是我在作夢。由比濱一把抓住理應已經回到家中的我的後頸，白日夢轉瞬即逝。

「就是……我不是說了嗎？這是接龍小說。現在輪到妳寫了。拜啦。」

我留下這句話，踏上歸途。回家後下略。

「不不不，我做不到！我不看小說的！怎麼可能寫得出來啦我說真的！」

唔。本想模仿順勢將責任推給下屬的垃圾上司，把工作塞給她，失敗了嗎？不過，要是她拒絕就糟了。我營造出「這樣大家至今的努力都會白費……！」的氣氛，試著拜託她。

「咦？啊，呃，哇──！知道了，知道了啦自閉男！我、我寫就是了，不要把頭貼在地上！」

順帶一提，「拜託」一詞帶有與「下跪」相近的言外之意。

「由比濱，妳願意寫嗎？」

註3　哈姆太郎的飼主小露在每話動畫的結尾都會用「今天真開心呢。明天會更開心對不對，哈姆太郎！」作結。

「嗯、嗯。我試試看……怎麼辦，要不要找大家商量……」

她不安地自言自語，我實在有點愧疚。

這件事果然要盡快搞定。

我重新下定決心。

×　×　×

《九十九天後會死的滿等的我被騎士團趕走一邊過著慢活生活一邊在迷宮裡開無雙與反派聖女度過幸福快樂的生活～樂園驅逐篇～》

「──你說你是打倒魔王的英雄？」

自稱巴隆的寶石商人將柔軟的嘴唇貼到我耳邊，輕聲呢喃。他的聲音甜美誘人，宛如泡沫製成的弦樂器奏出的曲調，為我的背部帶來一陣酥麻感。

我心想，真是個奇妙的男人。

外表看似放蕩不羈，身上卻戴著好幾個耀眼的昂貴飾品。羽毛帽底下是一對目光平靜、色彩靜謐的眸子。

每當被那如同黑曜石的雙眸注視，我都會產生所有的光芒都被他吸進內部的錯覺。或者說不只光芒，我本身也包含在內。
「嗚呼，真不可思議。在我眼中，你僅僅是個平凡的少年。」
「何、何出此言——！」
不知不覺間，他抬起我的下巴。骨節分明的手指沿著它撫摸。
宛如棲息在伊甸園的黑蛇，在肌膚上爬行，企圖對禁果伸出毒牙。
「大英雄可愛的那一面，誰都看不見的重要部位——再讓我看得清楚一點吧。」
巴隆的另一隻手纏住我的五指，再怎麼抓都無法掙脫。我是無力的。在這個男人面前，英雄之名於床單上逐漸凋零。
「——現在就讓妳解脫。」
柔軟的突起物冒出一顆顆帶有硬度的疙瘩，彷彿被他手指的動作引誘。淫靡的水聲於身體內部響起。樂園之泉的門，大概會被那隻節節分明的蛇撬開吧。
我再也回不去伊甸園了。
「啥？」
為什麼回不去啊。
莫名其妙。
是說，真的莫名其妙。
我生氣了。所以我揍他一頓回家了。然後睡覺。結束。

＃離命運之夜還有三天
＃總武高中文藝社
＃九十九天後會死的我
＃點讚的人我感興趣的話就會去追蹤
＃想跟喜歡英雄的人交朋友
＃海老名
＃三浦
＃我第一次寫小說耶
＃比想像中好嘛

×　×　×

「這是什麼東西啊。」
看完那篇文章，平塚老師開口第一句話從五個字增加成七個字。
我無視她像在詢問我的視線，再度假裝聽不懂。
「什麼叫『這是什麼東西啊』。問問題的時候要……」
這時，一陣風吹來。平塚老師的拳頭從我的臉頰旁邊擦過，速度快到我的眼角餘光勉強看得見殘像。

「我再問一次。這是什麼東西啊。」

好過分。她之前明明也用同樣的手法跟我裝傻。大人好卑鄙。

「這、這這是，您要的小說啊。這是由比濱寫的份……」

「喂，比企谷……」

她的呼喚聲，儼然是從地獄深處爬出的惡鬼。

「不用我說你應該也知道，對我說謊不會有好處喔。」

「是、是的，那個，一個人寫對由比濱來說好像負擔太重，所以，嗯，她向諸位友人尋求協助，寫出來的就是那個……」

「結果寫出這什麼東西……？」

「……是、是什麼東西呢？」

稱之為暗鍋太那個了。混沌喚來混沌的混沌小說在此爆誕。

想吐槽也會因為整篇都是吐槽點的關係，反而不知道該從何吐槽，處於無敵要塞狀態。這究竟是什麼東西？

「唉唷，不過這種類型的小說，說實話也有搞頭吧？可以當成搞笑小說看。」

無論如何，我可不能讓交出去的原稿被退稿。身為編輯，我必須像臺機器一樣假裝沒看見成品的拙劣之處，將它提出。那就是編輯的工作。

「說起來，前半段的文章是什麼鬼？作者罹患了用太多常用詞彙會死的病嗎？……先不說這個了。更大的問題是，這個突然登場的寶石商人巴隆是誰？」

嗯，您說得對。由比濱——不，是海老名（大概）的文風，該怎麼說呢，散發出強烈的耽美氣息，該先從這邊吐槽起。

「喔。就，如您所見，是個美男子角色吧？帥哥再多都不會有壞處，考慮到遊戲化時的加成作用，走這個路線再正常不過。」

「竟然已經考慮到跨媒體展開？」

平塚老師為我遠大的市場戰略不寒而慄。

「……算了。我還有一半沒吐槽。話說回來——」

平塚老師刻意避免實際唸出來，指向紙上的文字。

她所指的是「柔軟的突起物冒出一顆顆帶有硬度的疙瘩～」、「樂園之泉的門，大概會被那隻節節分明的蛇撬開～」等充滿性暗示的字句。

「這種句子，你覺得我這個老師有辦法糾正嗎？」

「咦，什麼東西？您在說什麼？哎呀——我聽不太懂耶。咦？平塚老師，您從這幾句話當中解讀出了什麼意思？」

比企谷八幡，這時來了個漂亮的故作無知。通稱「只有這個我有點無法護航」。

八幡是乖寶寶，不懂色色的事。我說，那充滿文藝氣息的描述方式，我是真的看不懂她在寫什麼。

「從這邊開始最誇張……」

她翻到下一頁，接著指向另一段。

我再也回不去伊甸園了──耽美氣息達到頂點後，緊接著是奇怪的文體。每句話都短短的。開頭還會加上#字號……

「當這是IG喔！」

清澈嘹亮的吐槽，令我連自己編輯的身分都忘了，超想瘋狂點頭贊成。

這已經是會讓人誤認成剛出道的鬼才作家開發出過於嶄新的行文方式的等級。只要隨便掰一個類似「我試著用小說來呈現現代的社群網站」的理由，搞不好可以得個三島獎（註4）。

捲捲頭小姐三浦由美子所寫的文章真驚人（這是「真低能」的委婉說法）。

總之，這個混沌程度連優秀的編輯都救不回來。

平塚老師不停翻頁，無法收拾的一百天份的冒險故事，以大綱的形式展開。看完的感想濃縮成短短一句話。

「……到底要怎麼辦？」

註4 指日本的文學獎三島由紀夫獎。

到底要怎麼辦。沒怎麼辦啊。完蛋了。放棄吧。當編輯最重要的就是要學會放棄。反正就算出了本糞作，砸的也只有作家的招牌。哎呀～作家真辛苦～現在的我達到了這個境界。

「能配合這種無厘頭的風格寫出正常文章的人……很難找到吧……」

「咳咳！」

「唉，只差最後一段的說……就沒有夠資格寫大結局的人才嗎……」

「咳，咳咳！咳咳咳！」

不知為何，在我為此苦惱之時，坐在我正前方的可疑人物拚命咳嗽刷存在感。

「……咦，老師，您幹麼？」

她都表現得這麼明顯了，我也不能不問。這是在恐嚇我主動關心她。

「沒有啦，那個……看到她們自由自在地創作，我也有點想起過往的熱情……」

「喔。」

平塚老師一反常態地扭動身軀。

「我也可以說是資深國文教師了。別看我這樣，以前我在夢小說界可是被稱為無聲之靜……」

「呃，可以不用講這些沒關係。」

現在在討論的是「一直都是這種調調劇情一發不可收拾真傷腦筋」。

「是嗎……」

哭哭。平塚老師沮喪地垂下頭，我在她的肩膀處看見少女字體的擬態詞。這個前文藝少女有時候滿可愛的。

「可是，這樣的話——」

抬起頭時，平塚老師已經恢復成國文老師，或者說是侍奉社顧問。

「——比企谷，只能由你親自操刀了吧。」

「我想也是……」

說實話，這個結局我早預料到了。

× × ×

鍵盤被我敲得喀噠喀噠響。

不曉得我在房間的電腦前坐多久了。

答應平塚老師強人所難的要求，曾經委靡不振的心情，如今已被我拋到腦後。

全新的事物經由我的手誕生。

從其他人——連名字都不知道的其他人，連長相都不知道的其他人手中接過接力棒，將故事導向結局。

083　果然，人多嘴雜。

那個感覺對我來說意外舒暢。

手指以驚人的速度俐落地移動。文章躍於螢幕上。有什麼東西正在逐漸成形。

——寫作的喜悅。

難以言喻的情緒於心中往復，若硬要為其命名，就是這個了吧。

於是，我們既漫長又短暫的一百天的冒險，終於迎接結局。

我現在甚至會感到惋惜。

我依依不捨地將視線移回自己所寫的文章上——

完

意外地，**葉山隼人**迷惘了很久。

川岸毆魚
插畫：ななせめるち

星期一。放學後的教室。

昨天因為有練習賽的關係，足球社停止練習一天。

葉山隼人在喧囂聲中獨自坐在自己的座位上看書。書名是《近代哲學入門：從存在主義、結構主義到後現代主義》。是他剛剛才趁午休時間去圖書館借來的書。

葉山隼人看了一會兒，卻提不起幹勁，將視線移向窗外。

空中飄著帶有秋意的卷積雲。

隼人看著白雲，輕聲嘆息。

「隼人，你怎咧？幹麼那麼感傷？」

跟他搭話的是戶部翔。

是他在班上的朋友，和隼人一樣是足球社社員。

「我只是在看書。」

「嗯——？看啥……哲學？哇塞——看這麼深奧的書啊。」

「還好，入門書而已。內容就是把每位哲學家的思想簡單整理起來。海德格、維根斯坦、德勒茲、伽塔利。」

「咦，啥東東!?哇咧——雖然不知道他們是誰，大家的名字聽起來都好強。打人感覺會很痛。」

「嗯、嗯……是啊。」

隼人判斷繼續跟戶部解釋也沒意義，隨便扯出一個笑容，結束話題。

戶部想跟他聊的似乎也不是哲學。

「先不說那個叫什麼德格的人了，隼人，沒事吧？我看你一直一臉憂鬱，想說是不是發生了什麼事。」

「喔，嗯……沒有啦。」

戶部說得沒錯，隼人的心情一直好不起來。

借哲學書來看的原因也在於此。

而他憂鬱的理由……

「該不會是那個吧？昨天的練習賽？難道你還放在心上？輸了是很可惜沒錯，不過沒辦法啊。對手是縣內四強，你對上的六號又是他們的隊長，本來好像還是J聯賽青年隊的球員。」

「嗯，我有聽說。好像是這樣……」

「那有什麼辦法咧。想開一點啦。」

昨天星期日舉辦了和總武中央工業高中的練習賽。

結果是三比零。

王牌隼人被對手的隊長——擔任組織型後腰的高田壓制住，無法射門。

比分和在球場上的表現都輸得徹底。

隊友們灰心喪志，十分不甘。

然而，拿出全力依然輸了比賽是家常便飯。

隼人當然也不是第一次嘗到敗北的滋味。

儘管會不甘心，這在足球場上是稀鬆平常的景象……

隼人卻一反常態，現在還是愁眉苦臉的。

「下禮拜還有跟市川南的練習賽要踢，把心情調整好啦。下次爽快地贏下一局吧。」

戶部拍拍隼人的肩膀鼓勵他，這個行為確實很符合他社團開心果的身分。

但隼人仍舊沉著一張臉。

——因為他煩惱的源頭並非勝負。

「戶部，我說……」

「怎麼了？隼人。」

「那個六號……是叫高田對吧。」

「就跟你說沒辦法了。那傢伙超強的。根本作弊。」

「他的身體能力和技術等級確實都很高，視野又廣。體力也很好，比賽到了後半他的速度也絲毫未減。」

「真的，根本是怪物——吃什麼東西長大才會變成那樣啊。那傢伙絕對有在吃蛋白粉。死都不想在正式比賽撞上他。」

「嗯，是沒錯，不過……」

「不過？不過什麼？」

「那個怪物也只能止步於縣內四強啊。」

「因為千葉還有船橋隊嘛。」

「對，船橋是全國大賽的常客。連船橋隊的選手都沒幾個能當上職業球員，頂多只有一兩個。」

「這……對啊。」

「而當上職業球員的那一、兩個人，也會在職業球員激烈的競爭中遭到吞噬，大多在數年後成為戰力外名單。」

「你怎麼了？盡是講這些沉重的話題。」

隼人沒有馬上回答。

他陷入沉默，仔細整理思緒。

「……我在想，我的顛峰期搞不好就是現在。」

「咦──什麼意思？」

「足球社的下任隊長、在班上頗受歡迎的人，這就是我的顛峰期了吧。」

「啥啥啥我聽不懂。」

「跟我剛才說的一樣，以我的實力，要當上職業足球員還差得遠。連在昨天的比賽上把我防死的高田都有困難。我的足球生涯大概會在高中告一段落。」

「說不定會在大學的社團繼續踢。」

「那也只是踢好玩的。沒有意義。」

「可是隼人，你也很會念書啊。」

雖說隼人的在校成績不差，終究只是用來應付考試的。

僅僅是採用有效率的手段顧好背誦科目，提高文科的分數罷了。

他自己也很清楚，這跟真正的聰明不一樣。

「不管是學業還是運動，我都只有一般水準，不是真正厲害的人。」

隼人自嘲地笑了。

「去普通的大學念書。去普通的企業上班。領普通的薪水，做普通忙的工作。在職場也普通受歡迎，下班後喝著高球跟後輩炫耀『我以前很搶手』的大叔。那就是將來的我。」

「不，我沒有值得拿來說嘴的可取之處。沒有能和別人競爭的武器。」

「怎麼會——你會有更高的成就啦！」

「你都這麼說了，那我怎麼辦？」

「呃，你沒問題的吧……」

——因為別人大概沒對你抱多大的期待。

隼人將講到一半的話吞回去。

他在不論好壞的意義上備受期待，而他活著就是在回應那些期待。

所有人都認為隼人做得到。

家人的期待、教師的期待、朋友的期待。一路走來，隼人回應了所有的期待。

有時連不認識的女性的期待都會回應……

結果打造出如今的葉山隼人。

會念書、會運動，男性跟女性都喜歡他，活潑開朗的葉山隼人——

隼人自己變得無法相信那樣子的葉山隼人的未來。

「咦——我沒問題嗎——沒想到隼人對我評價那麼高——」

戶部對隼人那句話照單全收，悠哉地笑著。

這正是戶部不會有問題的原因。

「總而言之，我覺得自己再這樣下去不行。該怎麼說呢，我需要本質上的自我風格。與他人的評價無關，超越勝負，類似核心理念的東西……」

「嗯——完全聽不懂。所以你才在看那個斯坦先生的書？」

戶部用「斯坦↗先生」這種語尾微微上揚的語調發聲。

那是他叫當地的前不良少年學長的語調。

「……算是。想要擁有自我，哲學果然是必要的吧。」

「原來如此——既然你這麼說，那就是了吧。雖然我一頭霧水。斯坦↗先生講的話應該也很有道理。」

很遺憾，跟戶部聊這個極度不適合。

不只戶部。大岡和大和八成也不行。

若要找能討論這種話題的對象……

——頂多只有比企谷八幡吧。

隼人瞄向比企谷。

八幡不是會在放學後於教室久留的類型。

他已經收拾好東西，從座位上起身。

「那個，比企谷……」

隼人幾乎是在下意識間叫住他。

「嗯？幹麼。」

比企谷懶洋洋地回頭。

依然是那雙死魚眼。他瞥了隼人一眼，視線立刻落在桌上的《近代哲學入門》上。

然後又把視線移回隼人身上，表情幾乎沒有變化。

「沒有……抱歉。沒事。」

隼人忽然害臊起來。

比企谷一語不發。

然而……

——啊——這是那種遇到煩惱，突然看起哲學書刷存在感的模式。還不是看原典，而是入門書啊。

隼人卻有種他在這樣說的感覺。

不行。不能找比企谷商量。

比企谷是想事情猶豫不決的專家。

而隼人在這方面還是新手，經歷差太多了。

「所以你找我幹麼？我要走囉？」

隼人發現自己叫住比企谷後，一句話都沒說。

「噢，不好意思。沒事。」

「嗯？莫名其妙。」

比企谷轉身離開教室。

只留下令人不適得恰到好處的氣氛。

「怎麼了隼人？幹麼突然叫住他啊——我還以為你要拜比企鵝為師咧。」

戶部可能是想改善尷尬的氣氛，然而……

「不，我也不全是開玩笑。老實說，可以的話真想請他收我為徒。因為他是現實主義者，擅長某種生存策略。出社會後那種人會很有優勢。有成就的出乎意料地都是那類型的人。我是這樣覺得。」

「真的假的？是喔？」

戶部把他的玩笑話當真，誇張地向後仰，表示驚訝。

隼人跟比企谷並沒有特別熟。

但那有點豁達的氣質，以及獨特的思考方式。

再加上完全不向同儕壓力屈服、我行我素的生活態度。

而且，他在遭受社會摧殘前已經在高中被摧殘到整個人快要磨損殆盡的地步，應該也不會再次受到現實的阻礙。

——有可能脫胎換骨的人，是比企谷。

隼人如此心想。

足球踢得不錯，長得還算帥，成績也稱得上優異，以及不會破壞氣氛的貼心之處和開朗的個性。

——我什麼時候變得這麼渺小的人……

隼人悔恨地握緊拳頭。

去普通的大學念書。去普通的企業上班。過普通的生活。

自己會停留在這個程度嗎……

想超越這個水準，需要突出的個性和突出的才能。

若能獲得這些，拜比企谷為師根本不足為恥。

「拜師……說不定該認真考慮看看。不如說若我覺得自己必須這麼做才能更上一層樓，立刻採取行動可以說比較符合我的個性。不對，從更積極的角度思考的話……或許該……」

隼人碎碎念著，反覆自問自答。

練習賽輸掉後，煩躁的心情一直悶在隼人心中。如今他有種照進一束微光的感覺。

「隼人，你沒事吧？怎麼了？你在想什麼？慘了慘了，你是不是斯坦↗先生看太多啦？」

戶部不安的聲音也傳不進他耳中。

「抱歉，我今天先回去了。」

「咦——幹麼幹麼？隼人你好冷淡喔。」

「我想起來有事要做。」

隼人拋下戶部，颯爽地從座位上站起來。

「什麼事？你該不會真的要去拜師吧？去侍奉社跟比企鵝拜師之類的？不會吧。」

「真的對不起。明天見。」

隼人沒有回頭，對戶部揮了下手，離開教室。

葉山隼人的決心已經無可動搖。

◆

隔天，星期二早上。

待在教室的戶部一大早就做出激烈的反應。

「咦——隼人，你怎麼了？為什麼在看輕小說!?」

「奇怪嗎？」

「當然啊。因為你不是會看輕小說的人嘛！對了，你昨天說過拜比企鵝為師也不錯……」

「嗯，發生一點事，我決定拜材木座為師。」

「為啥！發生什麼事才會變成那樣？是說材木座是誰啊？」

「你不認識嗎？他是比企谷的朋友。」

隼人對材木座也沒什麼印象。

不知為何在女僕咖啡廳大笑的邪惡宅男。

他對材木座只有這點程度的認知……

「我只知道有這個人，你為什麼要當他的徒弟？」

「因為他擁有異於常人的某種特質。」

隼人不好意思拜比企谷為師，便去尋找類似的替代品，最後發現了他。就是這種感覺。

「他看起來確實異於常人。」

「不迎合周遭，確立穩固的自我風格。這一點很重要。」

隼人邊說邊輕快地翻閱書頁。

右手……裝備著黑色露指手套！

「手指從手套裡面露出來了！超土的！土到爆！」

「這是師父給我的。好像是流派的證明。」

「不要啦，隼人。真的很噁。」

「不行。師父說，戴著它看輕小說時的專注度截然不同。」

「啊——是喔……那你在看怎樣的輕小說？」

「現在還在開頭部分……主角剛被卡車撞到。」

「交通事故的故事？」

「師父說，總之現在這種風格的輕小說似乎是最基礎的。」

「哦——那很狂耶，在駕訓班考駕照的時候讓考生看或許不錯。是說最近的輕小說都在被車撞耶。」

「對啊，目前就在被車撞。」

隼人再度用裝備露指手套的右手，優雅地翻閱輕小說的書頁。

某一天突然裝備露指手套上學，戴著它看起輕小說……

理應會被嘲諷到不成人形……

但那個人是葉山隼人，因此沒人敢隨便嘲諷他。

說起來，連他的行為是奇特的玩笑抑或只是改變興趣都無法判斷。

正因為對象是隼人，其他人才沒有勇氣自己扛下這個責任去追根究柢。

班上的人遠遠監視著露指手套版的葉山隼人。

「……隼人怎麼了？」

班上的女帝三浦優美子輕聲詢問……

「吾並無大礙……」

「吾、吾!?」

連優美子都不禁語塞。

「怎麼搞的？完了完了，隼人變成中二病了！」

「不，沒事。我在職場見習活動的時候不是說過嗎？我以後想去外商公司或大眾傳播公司。出版社當然也在我的目標之中。如果要在出版社的入社測驗中獲得勝利，果然必須要能展現對該出版社的作品的熱情。而師父對作品的熱情高人一等。所以我想從他身上學習，好讓自己踏出新的一步。」

「聽起來有道理，可是不知為何，我覺得結論錯很大耶？隼人，第一步絕對不是往那個方向踏出吧！」

戶部斬釘截鐵地斷言。

或許是自詡為隼人最好的朋友的責任感使然。

正因為其他人不方便在這個時機開口，才必須由自己說出來。

「我沒你那麼聰明，對放眼未來那種事也不太瞭解，不過就是因為這樣，我反而看得出你給人的印象分數在直線下滑！」

戶部直盯著隼人的眼睛，熱情訴說。

連隼人都被他激動的語氣壓制住。

「……果然是這樣嗎？」

「輕小說也就算了，那個手套超有問題。換一個人戴，早就因為好感度過低當場暴斃。」

「這個……我隱約有感覺到。」

這是不是一時的鬼迷心竅？

雖說是要確立屬於自己的風格，沒必要戴這東西吧……

隼人也有這種感覺。

「把它脫掉啦，隼人。那個手套對人類來說還太早了。」

「是啊……」

隼人小心地慢慢拿下露指手套。

然後輕輕放在桌上。

宛如以前的偶像引退時把麥克風放在舞臺上的行為。

與此同時，教室裡的人明顯鬆了口氣。

班上的中心人物隼人腦袋出問題了。而現在，他們知道那只是暫時的迷惘。

「隼人果然在迷惘啊。」

「我確實很著急，處於混亂狀態。我承認。輸掉比賽的打擊應該也占了一部分原因。」

隼人有點害臊地笑了。

戶部見狀，放心地吁出一口氣。

「真的。我超緊張的，想說你變得怪怪的。」

「抱歉，我現在很不安。」

「沒必要真的那麼不安吧。你的未來肯定會一帆風順。是超級簡單模式吧。你煩惱過頭了啦！」

出於放心，戶部用一如往常的態度開起玩笑。

然而……

「……不，不對。」

「咦!?」

戶部期待的是謙虛地回以玩笑話的隼人。

他的期待卻落空了。

「我的確是沒什麼興趣卻開始看輕小說，但這件事非常需要煩惱。我不能一直停留在原地。這個想法沒錯。這樣下去，高中時期絕對就是我的顛峰。」

回答他的依然是沉重的話語。

「隼人，就跟你說了……」

「沒關係，是我想太多也無所謂。就算是我想太多，擁有危機意識是很重要的。抱歉害你擔心了。不過我沒事，我一定會化危機為轉機。」

「就是因為你講這種話我才會擔心啊。」

戶部有點無奈地說。

「就叫你不用擔心了。回座位吧，快要上課囉。」

隼人說完便從書包裡拿出第一堂課要用到的世界史課本。

這個話題就此告一段落。

之後他像什麼事都沒發生似的，於學校度過平穩的一天。

上課，午休，下午的課程，最後是社團活動。

已經沒人記得隼人失常的行為，各自踏上歸途。

◆

隔天，星期三。

戶部一踏進教室，就立刻跟朋友兼班上的中心人物葉山隼人打招呼。

「隼人早啊！怎樣？怎樣？過得好嗎！」

他期待著告別迷惘，恢復原樣的隼人回以明快爽朗的招呼，可是……！

「ขอ ไปเสร็จ หน่อย ครับ（Koo Paisetto Nooi Kura）!!」

隼人說的話他完全聽不懂！

「咦！隼人你說什麼？」

「ขอ ไปเสร็จ หน่อย ครับ（Koo Paisetto Nooi Kura）!!」

隼人坐在座位上，對戶部輕輕揮手，笑咪咪地說道。

「Koo？Paisetto？隼人壞掉了！昨天雖然也很恐怖，你現在根本故障了吧！陷入Koo Paisetto狀態要怎麼救啊。」

「喂喂，沒禮貌。這是泰文啦，泰文。」

隼人拿起一本書給戶部看。

那是給新手看的泰文會話書。

「咦──原來你講的是泰文啊！」

「嗯，我昨天開始學的。」

但隼人的書上已經貼了好幾十張便條紙，跟七彩的裝飾一樣。甚至有種用很久的感覺。

「隼人好厲害，突然講起泰文。」

「不不不，就跟你說我只是新手了。」

隼人嘴上在謙虛，看起來卻有點高興。

「……所以剛才那句 **Koopai** 是什麼意思？」

「請給我收據。」

「哇塞！你要收據啊？在便利商店買薄荷糖的收據行嗎？」

戶部急忙搜起褲子的口袋。

他從臀部後面的口袋拿出皺掉的收據，放到桌上。

「不用……謝謝你，那只是例句。」

「喔，這樣啊，那就不用收據囉。是說是說是說！為什麼是泰文？」

「我覺得未來是泰文的時代。」

隼人的語氣充滿自信。

「咦咦！是喔？」

這不是別人，而是隼人的看法，因此戶部很想盡量表示同意，然而……

他實在無法理解，頭上冒出一個個問號。

「戶部，你聽好，美國的霸權開始動搖，中國的勢力愈變愈強。以後是中美兩大強國互相競爭的時代。為此要先學好中文……但那個時代應該也很快就會過去。接下來恐怕是印度的時代。可是，那個時代也會過去。接著是非洲的時代……考慮到國家之間的力量平衡跟日本國內學習該國語言的人數，學泰文是最好的選擇。我是這樣判斷的。」

隼人目前是高二生，即使他在大學畢業後立刻出社會，最快也要等五年。

做事時必須時常展望未來。

這個想法促使隼人跑去學泰文。

「我雖然不懂……隼人，你是不是想太多了？如果你對泰文有興趣也就算了，想那麼複雜有意義嗎？」

「เสื้อ คุณ สวย จังเลย ครับ（Sua Kun Suai Cyanruui Kura）。」

「啥啥啥？『我要把有意見的人殺了』的意思？」

「不對！เสื้อ คุณ สวย จังเลย ครับ（Sua Kun Suai Cyanruui Kura）!!」

「聽不懂啦！」

戶部雙手一攤，表示自己無法理解，反應激動到彷彿他才是外國人。

隼人也無奈地攤手，做出略有外國人風格的反應。

「我說的是『那件衣服真好看』。」

「隼人，這是制服耶！你也穿著同樣的衣服啊——！」

「是沒錯……就說我在練習了。」

「這句話要用在什麼場合啦。隼人，用泰文稱讚別人衣服的機會不多喔。」

「不，現在你可能會這麼覺得，但未來日本可能會因為人口減少的關係導致國力衰退。東南亞國家則必定會蓬勃發展。」

「是沒錯，可是用不著稱讚人家的衣服吧。」

「可以拿來開啟話題啊。不管是哪國人，有人稱讚自己穿的衣服好看應該都不會反感……」

隼人難得露出沮喪的表情。

他也隱約察覺到自己有點意氣用事。

「隼人，你昨天也很奇怪，今天則是真的有問題耶。到底怎麼了？可以理解你想為未來做打算，可是你現在的定位超不穩定的。」

「會、會嗎？」

「對啊。早上一進教室就看到你用神祕的語言說話，半句解釋都沒有，有點恐怖。」

「別人覺得我恐怖也沒關係。因為這就是我要走的道路。」

「直覺告訴我，你誤會了啦。你該走的不是那條路！」

「你怎麼知道！我不希望我的顛峰期結束在高中時代。我需要出社會後還能繼續使用的武器！เสื้อ คุณ สวย จังเลย ครับ（Sua Kun Suai Cyanruui Kura）!!」

「就叫你別誇我衣服了！我們明明穿一樣！」

其實隼人想用泰文說更加帥氣的臺詞，可惜他昨天晚上才開始學，根本沒那個能耐。

「我……不希望自己將來要依附在高中的回憶上……」

「我懂，我懂啦，你先冷靜一下。雖然我講這個很奇怪，基礎功比較重要。先認真上英文課就夠了吧？」

「英文大家都在學，這樣拉不開差距……」

「這種話等你能講出一口流利的英文再說唄。」

「這……嗯……是啦。」

隼人難得被戶部說服。

竟然會發生這種狀況，可見他有多著急、多迷惘。

「欸，你從昨天開始就不太像你耶。」

Niikuu Nansuuduutaan Kon Pomu Kura
「นี่ คือ หนังสือเดินทาง ของ ผม ครับ 。」

隼人將視線從戶部身上移開，看著自己的桌子說。

「這又是什麼意思？」

「這是我的護照。」

「這是我剛才放在桌上的薄荷糖收據！」

Rawan Rottogu Ra Ba Naa
「噢，那我知道。ระวัง ร ถกระป๋อง นะ 。」

「啥？」

「請小心卡車。」

「怎麼突然用卡車造句！你一直記著輕小說那件事嘛！哇咧——！隼人，你考慮清楚。真的太突然了！因為你從來沒跟我們聊過泰國。」

「……噢，這個嘛……是啊。」

「如果你對泰國有興趣，想去泰國之類的，那還沒關係。這次再怎麼說也太奇怪了。」

「說實話……我覺得你是對的。」

意氣用事的隼人也不得不承認。

確實如此。

會講泰文對未來有什麼幫助，應該有許多種看法。

然而，大前提是對泰國沒興趣的人跑去學泰文，也拿不出多好的成績。

「看，對吧？冷靜點。放心。你就算不會泰文，將來也肯定是一片光明。」

「就算我不看輕小說也不講泰文？」

「穩到不行。」

戶部看著隼人的眼睛頻頻點頭。

「這樣啊。看來我又太著急了，忍不住往奇怪的方向想。」

隼人嘆了口氣。

「好了啦。這樣真的很嚇人。只不過是在比賽上被電過一次，你太放在心上了啦。」

戶部似乎也放心了。

「嗯。說得對。ผม หลง ทาง ครับ（Pomu Ron Taan Kura）。」

隼人露出有點害臊的笑容。

「咦？啥？你說什麼？」

「我迷路了。」

「真的，隼人！你在人生的道路上迷路超久的！」

兩人因戶部的吐槽相視而笑。

於是，隼人只學了一天的泰文。

本以為班上的中心人物葉山隼人的失常行為，會就此告一段落……

◆

隔天，星期四放學後。

若是平常，戶部會第一個跑去找隼人，在社團活動前跟他聊幾句。

今天他卻隔著一小段距離觀察隼人。

大概是在警戒他有沒有戴露指手套？有沒有突然跑去學陌生的語言？有沒有做其他神祕行為？

「隼人——去社團囉！今天也去揮灑青春的汗水唄。」

他仔細確認，判斷沒問題後，過度親暱地勾住隼人的肩膀。

平常的隼人會抱怨著「喂喂喂，你有點煩喔」，推開黏到他肩上的戶部……

「嗯，一起揮灑青春的汗水吧。」

他卻用力回勾戶部的肩膀。

兩人勾肩搭背，令人忍不住懷疑他們是不是今天要從高中畢業。

「咦？隼人？」

「怎麼了？今天也努力練球吧，戶部。」

「喔，嗯。」

戶部主動鬆開勾住隼人肩膀的手，大概是覺得不自在。

「幹麼？」

這次換成隼人勾住戶部的肩膀。

「不不不，我才要問你幹麼。」

戶部閃過他的手，用帶有一絲恐懼的眼神凝視隼人。

「沒有啦，我發現了。能點亮人生的不是宅度，也不是語言能力，是友情。」

「喔，原來……你還在迷惘啊。」

「這就是我迷惘過後得出的結論。文化運動會變。連國勢都會隨時間變遷。儘管如此，還是有東西不會改變。那就是我們的友情。」

葉山的永遠是朋友宣言。

戶部聽了明顯感到恐懼。

「……嗯、嗯。很高興你這麼說，但我有點難為情……不如說這句話好假掰……還有……」

戶部忽然壓低音量。

「嗯!?」

「海老名一直在用很可怕的眼神看我們。」

隼人順著他的視線看過去，確實看見了海老名姬菜。

她看似坐在自己的座位上看書，視線卻飄向其他地方。

正在用熱情如火的眼神觀察隼人和戶部。

「是在看我們沒錯。」

「唉唷，我之前不是說過嗎？我有點喜歡海老名……就那種感覺……」

戶部一面偷瞄海老名，一面跟他講悄悄話。

「嗯。」

「所以我不希望被海老名當成搞ＢＬ的人，那個，我希望她把我當成一名異性看待，就是這樣。」

「原來如此，可以理解。」

「你明白我的心情了？」

「那當然。我沒打算阻礙你的戀情。所以……以後在教室裡，我們就偷偷培養友誼好了。」

隼人像在跟他竊竊私語般，把嘴巴湊到他耳邊，說出下半句話。

「哇咧————！隼人！這樣更不行啦！」

「為什麼？你不希望海老名用好奇的眼光看你吧？」

「偷偷摸摸更容易被她注意！我們在這邊講悄悄話，反而會嚴重刺激她！」

隼人瞄了海老名一眼……

她的鏡框顯得比平時還要紅。

那股熱度甚至讓人覺得鏡框彷彿是用滾燙的岩漿製成的。

「哦——這樣啊。」

隼人對ＢＬ一竅不通。

同時也沒有偏見。

也不覺得有必要請她戒掉興趣。

「說實話，我不太懂那方面。不知道該怎麼做。算了，我們就來燃燒青春吧。」

「呃，隼人，你真的怪怪的。」

「有嗎？到頭來，友情才是最重要的。這個結論這麼奇怪？」

「結論本身沒問題，但不太像你。我有點不喜歡那樣的你。」

「是嗎？我很喜歡願意為我擔心的你，覺得你比想像中更可靠。」

率先對隼人這句話做出反應的，是海老名。

她輕輕抖了一下。

當事人戶部則因為隼人突然對自己說這種話，不知所措。

「呃，感謝你的稱讚，不過……」

「เสื้อ คุณ สวย จังเลย ครับ!!」（Sua Kun Suai Cyanruui Kura）

「不用誇我衣服好看啦！」

他略顯不耐地吐槽。

「我想說好不容易學會，不小心就說出來了。」

「結果，你只是因為一時迷惘才講那種話吧。」

在戶部眼中，隼人這幾天的失常行為愈來愈混亂。

不是基於親愛之情，而是一時迷惘導致葉山陷入錯亂。

他八成這麼認為。

「沒這回事。我是經過審慎的思考才得出這個結論。結果最重要的是真正的友情。只要有能稱之為真物的存在就夠了。」

「啥？」

「去那裡尋找吧。」

「哪裡？」

「足球社社辦和操場。透過足球培養一輩子都不會動搖的友情……來，今天也一起去吧！」

隼人緊握戶部的手，用力拉扯。

海老名沒有放過這一瞬間，身體一顫，彷彿是自己的手被握住。

似乎在偷偷享受。

然而，攻不過隼人——不如說單方面承受著他的友愛的戶部……

「隼人，這樣真的很噁！」

略為強硬地拍掉隼人的手。

「怎麼了？」

「我說……我很高興你喜歡我，可是這麼黏人一點都不像你。」

「是、是嗎……」

「這不是友情，比較像在依賴人……到頭來，你是因為一直沒有自信，覺得不安，才突然跑去依賴友情吧？我也不清楚啦。你有煩惱我可以聽你說，但這樣並不像你。」

從戶部口中傳出的，是比想像中更加嚴厲的話語。

——不過，他說得沒錯。

隼人自己也沒意識到，這確實不是友情，僅僅是在依賴人。僅僅是在跟對方宣洩自己的不安。

「對不起。」

「不、不用道歉啦。我只是希望你恢復原狀。」

「這樣啊。嗯，你說得有道理，這樣是不對的。」

——沒想到會有被戶部罵的一天。

看來黏在一起的友情路線也得暫時收回了。

——雖然這樣對海老名不太好意思……

隼人偷看了海老名一眼。

海老名用課本擋住視線，興奮得全身顫抖！

「暴嬌……戶部是暴嬌。」

她嘟囔著隼人聽不懂的詞彙，顫抖不已。

這個展開似乎也戳到了她的萌點！

「總、總之，我會恢復正常的，抱歉跑來黏你。」

「不不不，你反省成這樣也會把氣氛搞得很尷尬。我覺得斯坦先生↗也會說這樣做是錯的。你先停一下吧。」

順帶一提，斯坦先生↗是語言學家，照理說不會對黏在一起的男生發表什麼意見。

「是啊。要換條路走就得趁現在。」

隼人收回膚淺的友情路線。

他的迷惘期持續了很久。

這次想隨便尋求友情的幫助，結果又搞錯了。

隼人的迷惘依然看不見出口。

不知為何，只有海老名很享受這個狀況。

◆

隔天，星期五的午休時間。

「吃飯囉！啊——好餓喔。」

戶部理所當然地拿著自己的便當跑到隼人的座位。

這是每天的例行公事，校園生活中最愉快的時間之一。

隼人的動作卻很遲緩。

都下課了，他的手還在畫東西。

「喂喂喂，隼人，吃飯了，吃飯唄。」

「嗯，等我畫完這個。」

「嗯？你在幹麼？」

「噢，這個啊。這是手繪明信片。」

隼人得意地秀出一張明信片。

上面畫著南瓜的圖片，以溫暖的筆觸寫著「感謝世人」。

「哇咧——！隼人，你煩惱過頭，變成老爺爺了！」

「這幾天我想了很多。到頭來重要的果然是充實的老後生活。再怎麼努力念書、埋頭工作，老後不能度過健康愉快的生活就沒意義了吧。我想尋找老了也能樂在其中的興趣，開始畫明信片跟種盆栽。尤其是盆栽，得花好幾十年才種得好。」

「等等，隼人。我們還沒出社會，你怎麼已經在想退休後的生活？」

「我一直在想，就算高中過得不錯，大學過得不好就沒意義了。就算大學過得不錯，出社會過得不好就沒意義了……就算出社會過得不錯……」

「老後過得不好就沒意義了!?」

「正確答案！」

隼人爽朗地豎起大拇指，眨了下眼。

「什麼叫正確答案！你走得太快沒人跟得上啦！煩惱過頭整個人都變得好奇怪，這樣戴露指手套還比較好！」

「怎麼會！戶部，一起度過理想的老後生活吧。一年四季我都會寄家庭菜園種的菜和明信片給你。」

「那我會有點高興！」

戶部邊說邊斜眼觀察海老名的反應。

海老名的眼鏡散發陰沉詭譎的光芒……

看來連老年版的隼人戶部配，都在她的守備範圍內。

真是可怕的高手。

「隼人，別想老後生活了，活在當下吧。」

「那當然。我只是想要一輩子的興趣。跟之前不一樣，不是鬼迷心竅。我的心態沒那麼老。」

「那就好。吃飯吧。」

「嗯。」

隼人露出清爽的笑容，拿出便當。

然後熟練地打開便當蓋……

裡面裝著炒牛蒡、鹿尾菜、煮豆皮，還有一份蔥和海帶芽做的醋味噌拌菜。

「哇靠——！老爺爺的配菜！哇靠——！真的是老爺爺！哇靠——！根本是老爺爺吃的菜！」

看到那個菜色，戶部放聲哀號。

隼人因那激烈的反應面露疑惑。

「怎麼了？」

戶部卻無視他，全力吐槽。

「便當的配菜老人味超重！食量大的高中男生便當裡哪可能出現牛蒡和鹿尾菜！」

「是嗎？昨天我點了想吃的菜，結果就變成這樣。」

「你剛才還在那邊否認，結果心態已經變成百分之百的老爺爺！這不是等等要踢足球的人吃的飯吧。」

戶部用雙手不停指向隼人的便當，像個正在跟裁判抗議他誤判的足球選手。

隼人從昨天開始，就在不斷思考老後生活。

該如何迎接人生的終點？

怎麼做才能在死前覺得自己度過了美好的人生？
滿腦子都在想這種事，自然會沒食慾，導致他想吃清淡點的食物……
現在當成午餐嘗過後……
「嗯……滿足感好低……」
隼人老實承認。
對於肚子餓的高中生而言，午餐吃這樣味道太淡了。
「對吧。沒問題嗎？能靠牛蒡撐過社團活動嗎？」
「不知道……」
「來，吃點肉。我的漢堡排分你。」
看不下去的戶部，將漢堡排分給隼人。
一口大小的漢堡排，放在牛蒡和醋味噌拌菜之間。
隼人毫不客氣地夾起來送入口中。
「唔，好吃！跟醋味噌拌菜的衝擊性截然不同。」
「對吧。這可是斯坦先生↗故鄉的味道。」
正確地說，斯坦先生↗是奧地利人，所以有點不對。
但那不重要，比起牛蒡跟鹿尾菜，男高中生的身體果然更渴望漢堡排。
漢堡排的肉味滲透隼人的五臟六腑。

「啊啊，這果然是一時的迷惘。」

對男高中生的身體來說，漢堡排的誘惑力相當驚人。

其魅力足以凌駕任何思維。

「對吧！」

用不著戶部說，隼人就收回了昨天的想法。

該如何生活、該以什麼東西做為心靈的依歸……隼人為此煩惱不已，因為太過煩惱的關係，思維跳躍到了老後生活。

不過，漢堡排的美味度一下就驅散了他的迷惘。

「身體很老實。全身上下都在為漢堡排感到喜悅。」

隼人微微顫抖。

海老名也在同時發起抖來。

對腐女子而言，絕對不會放過兩人卿卿我我的瞬間。

「我說，隼人，果然還是多吃點吧。去福利社買個能填飽肚子的麵包。」

「是啊。」

「你現在沒精神對不對？我去幫你買。等我一下。」

「不好意思。謝了。」

「代價是請我一個麵包。」

戶部說這句話的時候，已經小跑步跑向福利社。

「嗯。謝謝你，戶部。ขอ ใบเสร็จ หน่อย ครับ（Koo Paisetto Nooi Kura）!!」

「你要收據喔！哇咧，隼人居然想報公帳！」

◆

葉山隼人在人生道路上迷途的一個禮拜過去了。

隔週星期一。

上課十五分鐘前的教室。

葉山隼人已經坐在自己的座位上，無所事事，看著窗外發呆。

秋空萬里無雲。

「咦——隼人，你看起來挺有精神的嘛！」

「嗯，這還用說。如果有人一大早就無精打采，整間教室氣氛都會變差。」

「呃，隼人，你上禮拜才把氣氛搞差……」

戶部稍微壓低音量吐槽。

「對不起啦。那完全是我失常。現在沒事了。」

「真的？」

「嗯。說實話，上禮拜的我太奇怪了！」

隼人露出靦腆的笑容。

這副模樣無疑是平常那個陽光的葉山隼人。

「是平常的隼人耶——太好了。我真的超擔心萬一你一直是那個狀態怎麼辦。所以？你怎麼打起精神的？」

「噢，就是……講白了點，是因為贏了。」

——沒錯。隼人贏了。

星期日和市南川的練習賽，他們以四比三獲勝。

隼人踢進一球，助攻一球，表現十分亮眼。

結果，對上跟上禮拜輸掉的中央工業實力相當，或者更強的市南川，他們來了個戲劇性的逆轉勝。

「你的子彈遠射真的超威的。」

「嗯，說實話，我也這麼覺得。」

「看見那發射門，你的女性粉絲又會增加。」

「嗯，說實話，已經變多了。」

今天剛到學校，就有個一年級的女生在校門前等隼人，跟他要LINE。

「不愧是隼人。這麼快就有人來搭訕！那當然會打起精神囉。」

「我不是因為這樣打起精神的。」

「那是怎樣？果然是勝利的滋味？」

「除了比賽贏了外，我挑戰過了。我滿意的是這一點。」

「喔，啊，這樣啊。是喔——」

戶部反射性點頭，卻無法理解隼人在滿意什麼。

可是，隼人現在並沒有尋求戶部的理解。

自己回答自己的問題，並且說服了自己。

這樣就夠了。

「人生顛峰一點都不重要。這種事死掉的瞬間再去想就行了。重要的是要想成為比今天更好的自己，告訴自己這裡還不是頂點，掙扎著向上爬。我的頂點還在很遙遠的地方。只要我這麼想，就不會迎接顛峰期。昨天我的遠射確實射中了。但重要的是我成功在那邊射門的心情。」

隼人看起來有點激動，滔滔不絕。

還沒消化完畢的戶部，只是茫然地聽著。

「呃——喔——這樣啊。」

「沒錯。很簡單。自己的輝煌時期能靠自己決定。打從一開始就沒必要煩惱。」

「是啊……」

「老實說，昨天的比賽我也下意識覺得會輸。結果我全心全意投入在比賽上，踢著踢著就……」

「哇咧——隼人，你一大早就這麼興奮？」

戶部嚇到了。

由於他太激動，其他學生也在不停偷看他。

比企谷陰沉不耐煩的視線也包含在內。

即使如此，隼人心情還是很好。

理由要多少有多少，不過單純是因為贏了比賽，爽快多了。

隼人隱約察覺到那就是真相。

但他無法忍住不在單純的人類身上添加裝飾。

完

這是場不能輸的婚活

境田吉孝
插畫：U35

俗話說，結婚是人生的墳墓。

結婚會有很多麻煩喔。不幫忙做家事也不幫忙帶小孩的丈夫，待在家裡也只會礙手礙腳喔。想要自己的時間喔。

社群網站往往反映出現代社會的人們內心的另一面，上面從來沒少過這類型的話題。

所以，「結婚是人生的墳墓」這句話，大概並沒有錯。

不過，那是已婚者的論點。這個說法會不會只是事實的冰山一角？

真相雖然只有一個，同時也有許多個面相。

光是立場和固定觀念不同，世界在觀測者眼中就可能擁有各式各樣的色彩及形狀。

結婚是墳墓，但沒結婚的人——未婚者又會有不同的見解。

我未來也想結婚。順從「工作就輸了」這個先人提倡的偉大論點，娶個漂亮優秀的老婆當家庭主夫。對未來的妻子說的求婚臺詞就決定是「每天早上都喝我煮的味噌湯吧……」。

閉上眼睛，幸福的婚姻鮮明地浮現腦海。

『八幡，這道味噌湯真好喝。謝謝你每天都為我做菜。』

『別客氣，彩加。我才要跟你道歉，讓你一個人工作養家……』

像這樣……咦？為什麼我自然而然把結婚對象想像成戶塚？為什麼我輕易跨越了名為法律及性別的障礙？

『真是的──八幡，我們不是說好別提這個了嗎？我會生氣喔？……啊，那我該去上班了。為了這孩子，得多賺一點錢才行。』

『嗯，路上小心。噢，對了，抱歉。今天有款新遊戲發售，我可以買嗎？』

咦？為什麼戶塚理所當然懷孕了？還有不給懷有身孕的戶塚請產假的日本企業對於上班族女性是不是太嚴苛了？是說為什麼我變成這種廢物小白臉？

言歸正傳。總之「結婚是人生的墳墓」這句話，對於和結婚無緣的人來說，可信度並不高。

尤其是無時無刻都在盼望結婚的人。例如……

「唉……好想結婚……」

在周圍還有其他人的教職員辦公室內，平塚老師吐出不合時宜的呢喃，她應該無法對這句話產生共鳴吧。

結婚是人生的墳墓。

開完班會後又被叫過去說教，順便被迫處理簡單雜務的我，反射性望向平塚老師，豎起耳朵，不小心偷聽到她悲痛的呢喃。

「結婚啊。年輕時我還以為時機到了自然會有對象……唉，人生好難……」

來人啊！拜託來個人把老師娶回家！否則我會忍不住娶走她！

我拚命抑制住差點隨著嗚咽聲脫口而出的吶喊。不如說我都想去戶政事務所拿結婚申請書請她跟我結婚了。不僅如此，可能還會把填好的結婚申請書拍照上傳到社群網站上發文告訴大家「我今天和女友結婚了☆我們一定會過著幸福快樂的生活☆」然後因為這種無意義的晒恩愛行為搞到一堆人取消關注。

「那個，老師？」

我向那垂頭喪氣的背影搭話。

「請問，您還好嗎？您看起來沒什麼精神。」

「嗯？喔……」平塚老師轉頭看過來，感覺有點蒼白的臉，露出虛弱的笑容。

「沒有，我沒事，比企谷。我沒事……唉……」

她嘴上說著沒事，口中卻傳出深深的嘆息。

那悲壯的模樣，使我想起數星期前的某一天。

沒錯，事情發生在由比濱的慶生派對結束後，離開KTV的路上。

我們看見了。不小心看見了。恐怕是在婚活派對上毫無斬獲，跑來一個人唱KTV的平塚老師。以及。

『唉……好想結婚……』

留下這句過於悲傷的話語離開的蕭瑟背影。

在那之後，平塚老師就有點無精打采。

連早上的班會和上課期間都經常嘆氣，平常那種熱血少年漫的幹勁也不知道跑哪去了。

『欸，自閉男。不曉得是不是我的錯覺，平塚老師最近好像不太有精神？』

昨天放學後，由比濱在社辦擔心地說。

『別管她。老師一定也很煩惱。畢竟她正值適婚期。』

同樣在場的雪之下如此表示，好可怕。那女人講話有夠直接，好可怕。恐怖。

她大概早就捨棄人心了。若我是家臣，可能會覺得「王不懂人心……（註5）」因此背棄她的等級。真的假的，那傢伙原來是騎士王喔。她一副會說「比企谷同學，你竟

註5　出自《Fate/stay night》中的臺詞「亞瑟王不懂人心」。

然是我的 Master，我感到十分不快」立刻背叛我的樣子。

先不說這個了，平塚老師最近低潮到會讓人有點擔心。想要安慰她，大概只能由我做好入贅到她家的覺悟拿結婚申請書給她，但我實在做不出這種事，到頭來，以我的能力什麼忙都幫不上。

我再度望向不知為何顯得特別渺小的背影。

接著，細若蚊鳴的悲傷低語聲，參雜在遠方的蟬鳴中傳來。

「唉……結婚。結婚啊。唉……」

——俗話說，結婚是人生的墳墓。

這是勇敢挑戰這句話的一名女性——平塚靜（未婚）奮戰的故事。

×　×　×

過了一陣子，事情有所進展。

「欸，比企谷，假設……」

在教職員辦公室處理完雜務後，老師說有事要去侍奉社，我們便一同走向社辦。途中，她突然開啟這個話題。

「這只是虛構的情況，與實際存在的人物、團體沒有任何關聯，假設啊。」

「怎麼了？拚命強調是虛構的……」

她強調成這樣，反而讓人覺得百分之百是事實。現在是怎樣？怎麼開始播紀錄片了？

「假設這裡有一名妙齡女子。」

「喔，妙齡女子。」

「嗯。住在千葉，是高中教師。」

「呃，『假設』這個前提一下就飛到次元的另一端了。在千葉當老師，明顯是指您……」

這時，一陣風吹過。平塚老師的鐵拳劃破離我的臉頰只有數公分的空間。

「……你說什麼？」

「沒、沒有，沒什麼……」

「那就好。我也不希望拳頭染血。產生魯米諾反應就麻煩了。」

以會發生凶殺案為前提的思考模式，害我差點嚇尿。是說妳絕對是看柯南知道魯米諾反應這個詞的吧。拿藉由漫畫得知的小知識出來秀的大人，有點那個喔……

「再說，你知不知道千葉縣有多少妙齡女教師？你有證據證明這是在講我嗎？」

「…………」

是沒證據啦，不過從前後文來看，明顯是……算了，如果她無論如何都要拿這是假設性話題當前提，我也無所謂。

「那個，然後呢？那個虛構的女教師虛子老師怎麼了？」

「嗯。她啊，怎麼說呢，就是那個啦。基於年齡因素，她感覺到自己愈來愈想結婚。喔，可是她並沒有因此著急喔？她也知道只要照常生活，應該就結得了婚。真的喔，只是因為她所處的環境太難找對象，變得太敏感了。」

「不是，您要花多少篇幅幫虛子解釋啊。果然是在講您自己吧……」

從途中開始就變成妳自己的看法了。我可不能當沒聽見。

「喂，比企谷，千葉縣想結婚的妙齡女教師不知道有多少。勸你別亂說話喔？」

「…………」

我說，關鍵字增加成這麼多，符合條件的對象真的有限耶。是沒關係啦。

「順帶一提，關於她的外表，嗯，應該能說滿漂亮的。身材也算好，類似散發妖豔女人味的女豹型。」

「我就說那明顯是您自己……」

「！是、是嗎！你果然也覺得我是那種類型嗎！」

「喂，為什麼只在對自己有利的部分乖乖承認，先否認一下吧！慎用『假設』這個設定啦！」

平塚老師很快就不打自招。

但這終究是假設性話題，老師繼續述說。

事情發生在數星期前。她參加了某場婚活派對，犯下在途中被趕出去的失態之舉。

詳情我刻意不去過問。總覺得問了她會生氣。

被趕出派對會場，心靈受到傷害的她，忽然想到一個主意。

「對了，去參加『宅婚』不知道怎麼樣。」

我解釋一下，「宅婚」指的是限定御宅族參加的婚活派對。

雖說現在那種觀念沒那麼嚴重，「宅」這個屬性給人的負面印象……也就是所謂的非現充感、陰沉感依然深植於人們心中。

為那類型的人敞開大門，尋找理解自身興趣的同好做為對象的婚活派對。那就是宅婚。

「她非常喜歡某些類型的漫畫和動畫，覺得在那樣的場合上，一定能跟人聊得很開心。」

嗯，她說的「某些類型的漫畫和動畫」，也就是平塚老師喜歡的作品，所以大概是指《超能奇兵》、《神劍闖江湖》這種熱血少年漫。

「啊——不錯啊。遇到喜歡那類作品的女性，男性御宅族八成會高興地打開話匣子。有什麼問題嗎？」

「就是……」

平塚老師愁眉苦臉地解釋起來。

在宅婚派對發生的那場悲劇。

『欸，妳看？那邊那個人打扮得那麼正式，卻是一個人耶（笑）。哇……（嘲笑）』

宅婚當天的平塚老師，被人暗中這麼嘲諷。

理由很簡單。前面那句嘲諷中也找得到提示。

「打扮得那麼正式」，沒錯，平塚老師的敗因就在於此。

派對當天，她懷著今天一定要找到對象的期待，拿出最大的努力盛裝打扮，前往會場。

身穿大膽的漆黑色禮服，搭配色彩沉穩的短版外套，脖子戴著一條珍珠項鍊。

硬要說的話，會場裡走休閒風的女性較多，平塚老師應該是最耀眼的女性之一。

如今回想起來，那正是悲劇的開端。

為什麼？答案很簡單。平塚老師太不懂人稱御宅族的男性的生態。不對，雖說通稱為御宅族，在宅文化如此普遍的現代，御宅族分成許多類型。通稱外向型，會打扮、擅長社交又高調的宅宅，應該也是存在的。

然而，去參加那一天的宅婚的男性，大多都不屬於這類型。比較偏內向，聊喜歡的動畫或漫畫可以聊得很開心，卻不瞭解時尚，交往經驗也不豐富，講難聽一點就是偏陰沉的宅宅。而在他們眼中，平塚老師是什麼樣子？穿著超有幹勁的禮服打扮得漂漂亮亮，相貌出眾，身材也好的女性。跟自己一比，他們一定會這樣想。

「那個人是很漂亮沒錯，但有點高不可攀，我實在不敢跟她搭話……」

不意外。換成是我也會因此卻步。

於是，沒有男人跟平塚老師搭訕，但她主動出擊也得不到理想的回應，一個人悲傷地杵在會場正中央。

面對如此慘狀，她聽見從某處傳來的女性輕笑聲。

『哇好慘──穿那麼漂亮卻沒人陪（笑）。好可憐，來個男人去跟她搭訕啦──』

『真的──她打扮得超認真的，笑死。「喂，妳到底多想釣男人啊」的感覺？我不行──管她長得再好看，真的完全不行。不如說好恥喔。』

好恥喔……好恥喔……好恥喔……

隱隱約約的嘲笑聲，伴隨昭和動畫風的特效傳入耳中。

「……說實話，之後的事情她就不太記得了。等她回過神時，已經躺在家裡的玄闟。」

「玄闟，是喝多醉啊……」

大人似乎是依賴酒精生存的生物。不過，也有酒精無法洗去的恥辱。

在那之後，那天發生的事就成了平塚老師的心靈創傷，每晚都在折磨她。

雖然很氣那些人的挖苦，自己或許真的太拚了。

不對，說起來，因為在一般的婚活派對上遇不到對象就去參加宅婚，是否就是錯誤的抉擇？「宅婚總該遇到對象了吧」這個企圖，是否參雜著「宅婚的等級比一般的派對低吧，那我也行……」這種瞧不起宅宅的看法？穿上華麗的禮服時，是否想像過被捧得比在場所有女性高的自己，暗自竊笑？是否因為太害怕適婚期過了，淪為遭到這種報應是理所當然的可恥誤會女？

「欸，比企谷，你怎麼想？」

講到這邊，平塚老師帶著有點空洞的眼神問我。

「儘管這只是假設，就你這樣的年輕人看來，你覺得這種女性如何？」

「老師……」

您還在堅持這是假設情況啊，面對現實吧……

是說我哪知道。這種悲慘過頭的婚活失敗經驗，我承受不住。為何我非得聽班導講這麼沉重的話題？這種事不要找我，請投稿到發言小町（註6）那邊。然後收到「婚活派對呀（笑）。辛苦妳了（苦笑）。順帶一提，我老公年收有兩千萬日圓」這種欠扁的回應。

「喂，比企谷。別客氣。告訴我你真實的想法。」看我沉默不語，平塚老師逼近我，都快哭出來了。「這種女性果然很恥嗎？一輩子都無法結婚嗎？你怎麼看!?」

「等等，妳靠好近妳靠好近！放、放心啦。那個人應該總有一天也能結婚的……」

「喂，你不是隨便亂說的吧？你有種對天地神明發誓你說的是真心話嗎？要是你敢說謊，這條審判小指鍊（Judgement Chain）會勒爆你的心臟！（註7）」

「這個梗好老……」

妳因為太拚命的關係，整個人都沒救了。可是這麼傷人的話我講不出口。

的確，在那個叫宅婚的活動上犯下的失誤，肯定對她造成極大的傷害。慘到我可以理解平塚老師最近為何這麼頹喪。

註6　日本讀賣新聞經營的網路論壇。

註7《獵人》中酷拉皮卡的能力。可插入對方的心臟，若對方違反約定，就會因為心臟被勒緊而亡。

可惜就算她跟我抱怨，區區一個未成年人也給不了任何安慰及建議。我完全不知道該說什麼才好。

總之先隨便講點好聽話，哄她開心吧。表面上。

「不、不用擔心。老師那麼漂亮，之後就會遇到好對象了。」

「之後就會遇到好對象？」

然而，這句好聽話反而踩到她雷點的樣子。平塚老師目露凶光，抓住我的下巴，用可怕的聲音說：

「比企谷，那麼，為何我一直等不到你說的『之後』？我哪裡不好？」

「好恐怖好恐怖好恐怖！呃，硬要說的話就是這個吧！就是這種地方吧！」

一生氣就會立刻動手，還有喜歡的都是熱血動畫、抽菸的動作有點大叔味……要一個個列舉出來的話根本沒完沒了！

之後，空虛至極的對話又持續了一段時間。

「啊啊……好想結婚……！」

悲傷的呢喃忽然從平塚老師口中傳出。或許，這句話被天上偉大的神明聽見了。下一刻。

「——嘚哈哈哈哈！妳的願望，我聽見了!!」

啪唰！那名男子掀起厚重的大衣，從走廊的轉角處出現。

背著光的矮胖身影手上戴著神祕的護腕，因本人散發出的熱氣而起霧的眼鏡閃爍光芒。

不、不會有錯，那是！……呃，那人是誰啊？我有點沒印象。

「什麼!?材、材木座!?你從哪裡開始聽的!?」

平塚老師為他突如其來的登場大吃一驚，這句話讓我想起來了。

喔，對，材木座同學。這情報太沒用，害我的大腦下意識忘記。不如說我現在又快要忘記了。所以，你誰啊？

「唔哈哈，當然是從頭聽到尾。竟然沒注意到我這滿溢而出的龐大『氣場』，看來我的光學迷彩（Suspend Mode）今天也狀況絕佳。是吧，八幡？」

「閉嘴。才登場三秒就吵死了……你幹麼偷聽？小心我告你妨礙隱私喔我認真的。」

「呼呼呼，八幡。何必這麼客氣，強敵（朋友）啊。遇到如此緊急的情況竟然不叫我一聲，太見外了。」

誰要叫你。無論情況多緊急，就是不會叫你啦，是說不要這麼順地無視別人說的話。我都明顯散發出「呃啊，來了個難搞的傢伙……」的氣息，材木座卻得意地笑著宣言：

必勝！宅婚攻略法！

材木座義輝★親自傳授

攻略宅男的108條法則

第1條 不要瞧不起宅男

第2條 就算他跟妳聊深夜動畫也不要嚇到

陪他一起聊
反而更good!!

第3條 就算他家裡有二次元角色的抱枕也不要鄙視他

第4條 就算他電腦桌面有H-GAME的捷徑也要假裝沒看見

第5條 就算他iPod裡裝滿聲優唱的歌，
也願意跟他用同一副耳機聽

第6條 就算他在KTV唱動漫歌，也願意
全力幫他打拍子

一起唱合唱曲也OK!!!

第7條 就算他未來的志向是當輕小說家，也願意為他加油

第8條 會稱讚露指手套很帥

第9條 就算他夏天穿大衣也不會說「你穿這什麼衣服啊？
WWW脫掉啦WWW」

第10條 就算他胖了也會誇他「圓圓的好可愛」

我會受傷

第11條 就算我在玩偶活的手機遊戲，也不會
笑我「哇這傢伙好噁WWW」

第12條 就算跟我對上目光也不會咂舌說「好煩……」

我會受傷

第13條 就算搭電車時我坐在隔壁也不會說著
「好噁……」主動換位子

拜託別這樣（泣）

接續下一頁…

插圖：ponkan⑧

「無須擔憂！既然我劍豪將軍來了，儘管放一百萬個心!!平塚老師!!」

「幹、幹麼？材木座，你到底在說什麼……」

困惑的平塚老師的疑惑也被他無視。材木座接著說：

「我材木座義輝，不是會對這種情況坐視不管的男人。八幡啊，我也來幫忙。放心，只要我和你攜手合作，沒有打不倒的敵人！呼哈哈哈哈!!」

「嗯，所以說……？」

你到底在講什麼鬼話？

×　×　×

……看到這邊，我將視線從紙上抬起來。

怎麼回事？總覺得被迫看了篇超噁心的文章，這到底是？啊，難道是垃圾？嗯是垃圾。垃圾就拿去丟吧，分類後拿去丟吧。

「喂————！慢著，八幡————!!」

我正準備將無限接近於垃圾的紙在真正意義上撕成碎片，寫出這篇文章的人，也就是材木座宏亮的聲音響徹薩莉亞。

「怎、怎麼？你哪裡不滿意我的企劃書？至少講幾句感想才符合禮節吧？」

「呃這就是我最誠實的感想了。我是個坐而言不如起而行的男人。我是個會做好垃圾分類救地球的男人。」

「嗯嘎嗯嗚嗚！」聽見我的回答，垃圾製造者材木座發出噁心的怪聲。「竟、竟然說我熬夜想出的必勝策略是垃圾……」

他不知道在碎碎念什麼……這東西是必勝策略啊。

我再度望向他拿給我的垃圾——更正，名為必勝策略的「企劃書」。浮現腦海的當然是昨天的對話。

『因戰鬥而粉碎的矜持，只得靠戰鬥奪回。八幡，你不這麼認為嗎？』突然出現的材木座，突然說出這種話。

他說的戰鬥，大概是指平塚老師在宅婚會場上犯下的各種失誤。原來如此，確實有道理。

例如PTSD，俗稱心靈創傷的症狀，治療法就是從面對造成心靈創傷的原因開始。也就是所謂的暴露療法。

『呵。自古以來，在戰鬥中敗北的主角重振旗鼓，最後獲勝，方為王道。其中有著浪漫。海賊亦然，火影亦然。』

但材木座不可能想那麼多，只是基於中二的想法才講出這句話。

『總之這起事件，讓我劍豪將軍・材木座義輝負責吧！放心，萬事都交給我處理！我不會害你們！呼哈哈哈哈!!』

於是，隔天放學後。材木座把我叫到最近的薩莉亞，我板著臉赴約，被他硬塞了那篇莫名其妙的怪文章看，到了現在。

我問他「所以這到底是什麼東西？」。

「嗯哼？如你所見，是記載宅婚必勝策略的企劃書（祕傳書）啊？」

並沒有。哪有這種一堆小細節的必勝法。是說，企劃書是什麼鬼？幹麼搞得那麼正式。

「你問我為什麼，我未來不是會靠寫輕小說成為億萬富翁嗎？」

「有這回事？我第一次聽說那個計畫耶？」

「而所謂的暢銷輕小說家，講白了點就是從宅宅身上撈錢的存在。蔓延世間的暢銷作家，肯定只把自己的粉絲當成提款機。也就是說，唯有對宅宅的喜好及弱點瞭若指掌，能夠讓他們掏錢出來的人類，才能爬到暢銷作家的地位。沒錯，像我這樣！」

「好猛。你的思考模式直線往錯誤的方向狂奔。幸福迴路差不多要燒斷囉。」

有空妄想這些，不如快點把小說寫完。還有，我覺得暢銷輕小說家不會有那麼過分的想法。我也不確定啦。

「講白了點，去參加宅婚的男人喜歡的女性類型，對我來說一目了然！既然如此！」

既然如此，列出宅男喜歡的女性形象，帶領平塚老師走向宅婚成功之路再簡單不過。指導方針就是這篇「攻略宅男的一百零八條法則」。

「我將來會成為靠善於算計的企劃力走紅的男人。一不小心就先寫成企劃書了。唉呀，真害怕自己的市場能力……」

「可怕的是你驚人的妄想力吧。這也太慘不忍睹了。」

從途中開始明顯是你的親身經歷。都能窺見這傢伙平常的私生活了，好可悲。

「嗯哼。話雖如此，八幡啊，老實說，世上的宅宅的願望，不會只有這種程度吧？資料來源是我。」

「呃，這個嘛……」

但我覺得宅男——不如說不受歡迎的男人的願望，或許就是這種程度。資料來源是我。可是我完全不覺得這東西派得上用場。

不如說，平塚老師同意了嗎？

記得平塚老師昨天是說「不，材木座。我很感謝你的提議，不過基於職業道德，教師可不能讓學生幫忙找對象……」和「再說這不是我本人的經驗，只是假設……」，直到最後都表示拒絕。

在我思考之時，手機震動起來。好像有簡訊。我看看……？

From 平塚 to 比企谷　主旨：詢問進度

詳細情形材木座同學跟我說過了。聽說你也會幫忙打造我的形象，好讓我下次宅婚能有收穫？期待兩位的表現。我的話，雖然不知道有沒有效果，我打算跑一趟縣內的結緣神社之類的能量景點，累積能吸引良緣的宇宙能量。其實千葉有許多知名景點——

看到這邊，我默默收起手機。

「唔？怎麼了八幡？不用回人家嗎？」

「沒啦，是垃圾簡訊。說什麼有個快死的大富翁要把遺產給我。」

那人生病了。

結婚、婚期都是會剝奪人類正常判斷力的禁忌存在！婚活，萬萬碰不得！

「唔嗯，那就來修正企劃書吧。我個人的意見是……」

於是，材木座 with 我制定的緊急企劃「打造小靜的全新形象」就此揭開序幕。

咦？要 with 我嗎？堅持要 feat. 比企谷八幡嗎？

老實說，我不太想跟這件事扯上關係……

× × ×

那麼，平塚靜培育計畫就這樣揭開序幕。

下下週六有場不錯的宅婚派對，我們便決定以那天為重點執行計畫。

活動第一天。

隔天星期六，傍晚材木座就把我叫出去，我心不甘情不願地來到薩莉亞——

「——時機成熟，計畫將進入最終階段。準備好了吧，冬月（註8）？」

「太快了啦。哪有這麼快就進入最終階段的計畫啦。」

那個垃圾企劃書昨天才寫好，今天計畫就快完成了。這個碇司令動作有夠快。跟靠一集三十分鐘的動畫就把故事講完的OVA一樣快。

「嗯哈哈，這還用說！對輕小說家而言，生產速度就是命脈！聽說能穩定提供稿子讓出版社出書量達標的快手作家，就算他只寫得出糞作，編輯也會重用。也就是說，我等於是當紅作家！等於跟女聲優結婚了！」

「你未免太樂觀了吧竟然拿在網路上看到的超假業界情報當資料來源……」

樂觀到我覺得他有在吃會刺激腦神經的藥。希望他能在被警察先生帶走前洗心

註8　與下文的碇司令皆為《新世紀福音戰士》中的角色。

革面。

「喔，所以？意思是那個嗎？昨天那個跟垃圾一樣的企劃案已經寫好了？」

「嗯，正是。畢竟是我這個神作家設計的形象，自然完美無缺。無奈我有可能無法理解外行人的感性。為了以防萬一，想找你親眼看過成品再告訴我感想。」

「喂，不要順口把自己歸類在不是外行人的那一區。」

你也是徹頭徹尾的外行人吧……等一下，成品？

「咦，什麼？意思是今天不只企劃書，平塚老師也會親自到場嗎？到這裡？」

「沒錯（Exactly）！」材木座用欠扁到不行的捲舌音說話，點了下頭。「儘管期待吧。然後看仔細了！在我的改造下脫胎換骨的那位聖女真正的身姿！」

喂喂喂，真的假的。才過一天就進行到這個階段，你的工作效率根本是能幹的製作人嘛。這傢伙該不會真的是神P？

繼天才・淳君♂、中田康貴（註9）後，擁有全新可能性的材木座……不，材木座P的眼鏡反射陽光，閃耀異常睿智的光輝。

不用說，那當然只是我的誤會。

註9　皆為日本音樂製作人。

十分鐘後，現身於店內的平塚老師打扮成完全無法用一句話形容的羞恥模樣。

一看到材木座，她就帶著怒氣沖沖＋有點泛淚這個互相衝突的表情迅速衝過來。

「喂、喂，材木座!?」

咚！她用力拍桌，放聲大吼。

「喂，材木座，這真的是『史上最強最讚的人氣服裝』嗎!?剛才路人看我的眼神像在看可憐人……比企谷!?你也來了!?」

「老師，您怎麼穿成這樣……」

我對瞪大眼睛的平塚老師這麼說，本來就很紅的臉立刻變得跟煮熟的章魚一樣紅。也是啦。經由材木座之手形象大轉變的平塚老師，身上的衣服就是如此羞恥。

「處男殺手服」。

各位記得之前在網路上流行過這樣的衣服嗎？接近這個意思。

純白襯衫的領口繫著鮮紅色緞帶，附肩帶的馬甲裙則是和上衣成對比的黑色。馬甲使纖細的腰部變得更加顯眼，凸顯出撐起白襯衫的豐胸。包覆下半身的蓬蓬裙營造出強烈的夢幻感，底下是一雙羚羊般的修長美腿。

清純與性感的高度融合——材木座之前講過這樣的蠢話，不過確實形容得很好。

清純卻性感，性感卻清純，這奇蹟的協調感帶來的魅力，強烈刺激我的處男探測器。

另一方面，我也誠心認為都這個年紀了，穿成這樣她不害臊嗎？

「呃，雖然我有很多話想說……先請教一下，老師今年貴庚？」

「嗚呃！」

平塚老師發出彷彿要吐血的呻吟聲，跪到地上，然後用帶著哭腔的聲音說：

「別說，比企谷！別再說了……！」

「啊，可是比想像中ＯＫ喔。和年齡之間的反差反而營造出一種接近出局的安全上壘感……」

「比企谷，給我咬緊牙關！吃我這招！衝擊的第一拳（註10）！」

——之後，材木座如是說道。

「這正是『對宅男用決戰兵器‧射殺無垢的鐵處女』真正的力量！藉由讓年長女性穿上夢幻又少女的服裝，將她的聖女力提高到無限大！童貞會死。我也會死。」

不愧是材木座老師，還是一樣遜。對你抱持期待的我真的太傻了……

可是偷偷說一下，我有點覺得穿成這樣感到羞愧的年長女性也不錯。

註10　漫畫《超能奇兵》的主角數馬的招式。

× × ×

——別做奇怪的事了。要做就要按部就班、踏踏實實、打安全牌。

不用說，隔天平塚老師就提出嚴格的方針。

對材木座的企劃案照單全收，出了個大糗的平塚老師，日後是這麼追述那件往事的。

「我失去理智了……不知為何，我竟然覺得不會有問題……是熬了一整晚的夜的激昂情緒害我這麼做的……」

不能讓這樣的悲劇重演。假如她穿成那副德行又去參加婚活派對，平塚老師肯定會自己選擇死亡。

因此，「打造小靜的全新形象」企劃剛開始沒幾天就大幅轉換方向。

我們開始尋找新路線。

「嗯——那麼，你有想到下一個計策嗎，八幡？」

「我說，這是你該想的吧……」

我試著吐槽，但繼續交給材木座處理，顯然只會重蹈覆轍。

應該要找個新製作人制定計畫。

那麼，那位新製作人是誰呢？用不著解釋。

就是我，人稱346事務所第一名的稀世奇才‧比企谷P。

×　×　×

如此這般，我想了企劃案②出來。

「就我看來，想從衣服那種外觀因素博得好感，一開始就是錯的。」

隔天放學後。

我在熟悉的薩莉亞跟材木座和剛下班的平塚老師強調。

參加婚活……尤其是以宅男為對象的婚活時，最重要的並非包含相貌及服裝在內的外貌部分，這是我的看法。

那麼，在這種場合最重要的要素是什麼？

「喂，比企谷，別吊人胃口。有主意就快說。」

平塚老師催促我講結論，我隔了好一段時間才回答。

那是將異性放在手掌心上玩弄，賺取金錢的專家——例如夜店小姐或男公關應該要有的技能。

沒錯，也就是「接待力」。

——接待力。與其講一長串話說明那個神祕詞彙的意思，直接付諸行動應該會比較快。於是我提議舉辦一場模擬演習（角色扮演）。

「角色扮演？是那個嗎？服務業偶爾會被要求做的……」

是的——我簡短回答平塚老師的問題。

用字典的方式解釋「角色扮演」一詞，就是「每個人分別扮演自己的角色，體驗特定的狀況，藉此想出適當的應對方式的學習法」。

例如在餐廳打工的人，會透過即興劇設想遇到客訴或奧客的情況，事先學習該如何應對。儘管意思有點出入，學校舉辦的防災演習或許也可以說是角色扮演。

「總而言之，試一次就知道了。那我來扮演跟平塚老師搭話的宅男A，材木座你就……」

「呼呼呼，交給我。你的想法我很清楚……」

你派不上什麼用場，可以閉上嘴巴去當掉在會場外面的小石頭嗎？我正準備接著說下去，材木座就擅自宣言：

「那麼，我來當得知宿敵（那傢伙）現身於會場，裝成一般人潛入其中的抹殺者（Eraser）好了。別客氣，咱倆這麼熟了。無須道謝。」

「不，沒有那種角色……」

誰啦，那個突然出現在對話中的宿敵（那傢伙）。他特地跑到宅婚會場幹麼啦，那種人絕對不值得抹殺掉。

話說回來，你可不可以不要感應到人家不想理你，就硬插進話題？

如此這般，狀況劇 take1 開演。

我們設計的情境是……用一副「知道這些很正常吧？」的態度跟人聊超冷門宅知識的宅男A。

「那個，那老師……不對，平塚小姐，您有喜歡看哪部動畫嗎？」

「喔、喔，這麼快就開演啦。嗯。喜歡的動畫，果然是超能奇兵吧……」

聽見那個回答的瞬間，我飾演的宅男A的眼鏡一閃。雖然我並沒有戴眼鏡，請各位靠想像力補足。

「哦，超能奇兵啊……不錯啊，說到超能奇兵就不得不提至今仍被譽為傳說的那一話，那一話的演出是由有名的西城先生負責，品質超高的。」

「嗯？」

「啊，西城先生還是《銘綠巫師》的導演，那部作品也滿優秀的。平塚小姐喜歡西城作品的那些部分？」

「嗯？嗯？」

「咦？哎呀？平塚小姐，難道……」

難道您不認識西城導演？

話中帶有這層言外之意的我，大概裝出了非常真實的苦笑。糟糕，我那能靠表情迷住觀眾的演技太強了。這是會在威尼斯或坎城的影展博得滿堂彩的等級。可能會有妖豔的好萊塢女演員大肆稱讚我「阿八的演技非常 Exciting 又 Emotional。是未來可期的 Actor」。

先不說這個了，我起了興致，繼續扮演宅男A。

「啊，不好意思（笑）。站在消費者的角度看動畫的人，對製作人員不會太瞭解吧（笑）。」

「…………」

其實我覺得那種鑑賞態度，比較能純粹地享受看動畫的樂趣（笑），反而很羨慕（笑）。像我在看動畫前都會先去看製作人員名單，這幾年來都是在擁有這些背景知識的情況下看動畫（笑）。好啦，站在創作者的角度欣賞作品也──

我的即興發揮停不下來，失控地瘋狂自言自語（笑）。由於我實在太煩，材木座遮住眼睛，平塚老師則是──

「喂，小子，少得意忘形了……」

她一把掐住我的下巴，語帶威嚇地說。

「比企谷……看來你需要教育一下喔？就算你多少懂一些動畫方面的知識，怎麼能用這種態度跟老師說話。」

「不是，誤會！我是在演戲啦！演戲！這不是我，只是在照實演出某種常見的宅男！」

「什麼？常見的宅男……？」

平塚老師板起臉來，我拚命點頭。

唉唷，這種人不是很常見嗎？突然開啟超冷門動畫的話題，一臉「這點小事通常都會知道吧？」的人。對方一說不知道就會面有難色，彷彿在說「唉，所以說菜雞就是這樣……」的人。我演的就是那種御宅族。覺得看主題艱澀的動畫或經典名作很了不起的類型。

這只是我個人的見解，那種人一定有收攻殼機動隊的漫畫，別人問「有什麼推薦的動畫嗎？」時大多都會推槍神。反而看不起EVA，覺得自己很帥。

「噗呃！喂、喂，八幡。別說了。你的攻擊對我很有效……」

「我沒有要攻擊你的意思……」

不過，材木座的確是那種會想在跟宅宅同好聊天時刷優越感的類型。想跟說「我喜歡看的漫畫是航海王☆」的女生刷優越感，結果反而被更加強大的刷優越感怪物用「不過到阿拉巴斯坦篇為止的航海王確實是部優秀的漫畫……」反擊回去。

宅宅的爭地位大戰真恐怖。

「總之這種會想靠專業知識騎在別人頭上的宅宅，在宅圈很多啦。」

「噢，知道了。那我該怎麼做？」

平塚老師會有這樣的疑問很正常。

「你該不會要我先吸收相應的知識再去參加宅婚，好跟那種人也能對話吧？」

「不，那樣反而會有反效果。」

因為他們雖然擺出一張「咦？這麼簡單的事你都不知道？」的臭臉，心裡其實在為自己懂得比對方多而暗爽。人類擁有「爽卻面有難色」這種複雜詭異的精神活動，大概就是這個。

「想在跟這種人交流時也能取悅對方的話，妳需要的是——」

——所謂的接待力。

接待力如字面上的意思，是接待對方的力量。

打個比方，去社群網站上搜夜店小姐抱怨用的帳號，應該能看見就算面對的是她們口中的「奧客」，工作時她們仍然笑咪咪的。若要用更普遍的說法，類似「忍耐力」一詞，但意思有點出入。

不只御宅族，男人都很愛跟女性炫耀，有時甚至會害對方不耐煩。反過來說就是，他們本能渴望能得到女性的稱讚。

我認為滿足他們自尊心的能力就是接待力，是在婚活這種場合上所需的受歡迎要素。

而鍛鍊接待力所需的訓練，正是角色扮演。

「例如像剛才那樣突然有人跟您聊沒看過的動畫，就算您心裡在不爽，也要裝出『哇，〇〇先生懂得真多！我好尊敬你！』的樣子。只要搬出這句話，我敢肯定大部分的時候都能順利應付過去。」

「話雖如此，比企谷，有那麼容易嗎？這實在太刻意了吧？」

「放心啦。只要有接待力就穩了。可以結婚囉。可以讓父母抱孫囉。」

這句話對平塚老師的效果似乎十分顯著。

「結婚……抱孫……嗯、嗯，這樣啊。既然你這麼說，應該就是了吧。我試試看。」

如此這般，take2 接著開演。

「湯淺的作品最關鍵的果然是前衛的影像呈現方式（笑）。或許對大多數的人來說不好理解，不過那個品味真的……好痛！喂，痛痛痛痛痛！投降投降！會痛會痛！」

「……噢，抱歉。我有點煩躁，又下意識使出了關節技。繼續說吧。」

「那個，可以請您不要下意識那麼精準地使出關節技嗎……」

不如說我誠心希望您改掉會反射性使出關節技的習慣。好吧，是沒關係啦。

……那麼重來一遍，take3 開演。

「還有，講到現在的動畫場景，不可或缺的是痛痛痛痛痛！就說了會痛！關節技會痛啦！我連論點都還沒講到！」

「噢，抱歉。我又下意識使出了關節技……」

take4 以後的情況我就不多說了。反正不用解釋應該也猜得到結局。

我的關節和平塚老師的壓力達到容忍限度時。

「說起來，就算我成功跟需要那麼高的忍耐力的對象結婚，之後的婚姻生活也不會順利到哪去吧……」

我也不是完全不挑對象的喔——聽見平塚老師這句話，我兩手一拍，心想「啊——經她這麼一說，確實如此……」，剩下我就不多說了。

因為我覺得浪費掉青春時光的自己有夠可悲。

× × ×

如此這般，我們兩個又白忙了一場。

「真是，我對你太失望了，八幡。竟然滿足於那種連計策都稱不上的雕蟲小技，可笑至極！果然只能靠我的企劃案了吧？」

「啥？你的企劃案只會給老師留下心靈創傷吧。我比你好七兆倍。」

「不不不，跟你比起來我比較好。」

「不不不不，跟你比起來我比較好。」

——結論，半斤八兩。

哎，在這邊浪費時間裝行也沒意義。

在那之後，我們依然繼續執行「打造小靜的全新形象」企劃，可是。

「……唔，說到令宅男深深著迷的神器，果然不能漏掉貓耳。」

「不，要是老師戴那種東西去參加宅婚，這次真的會嫁不掉。」

像這樣。

「嗯哼。既然如此，也是可以選擇巫女服或兔女郎裝。你意下如何？」

「…………………（無視）」

或這樣。

我和材木座連續好幾天在薩莉亞碰面，議論紛紛，結果還是想不到好方法。

雖然講這種話很不好意思，要我們這種完全沒交往經驗的男人想婚活的攻略法，打從一開始就是強人所難痴人說夢不可能的任務。

事到如今我們才快要想通這麼簡單的事。

就在這時，事態急轉直下——

×　×　×

『……然而，病魔在不知不覺間向加藤先生（假名）伸出毒爪。』

這句話在電視上的醫療節目應該很常聽見。

沒錯，意思是異變總會在本人尚未察覺的時候悄悄接近。等到發現時已經太遲了。

加藤先生（假名）英年早逝，而平塚老師也……

仔細回想起來，異變的徵兆早就出現了。

忘記是什麼時候，平塚老師傳給我的簡訊裡有這麼一句話。

記得是「為了祈禱婚活順利，我打算跑一趟縣內的結緣神社之類的能量景點，沾沾喜氣」之類的。開始求神拜佛的人，通常不會有好下場。

所以，那句話一定就是徵兆。

我們卻坐視不管，才會演變成現在這種狀況吧。異變源於一封簡訊。

From 平塚 to 比企谷　主旨：詢問進度

午安，比企谷同學。

市內的能量景點我大多都去過了，所以我今天鼓起勇氣去找了占卜師。

到這邊還沒問題。問題在這之後。

他好像是擁有「超宇宙占星術師」這個頭銜的知名占卜師，我非常好奇地徵詢了他的意見，他說我不能結婚是因為有大宇宙的意志在干涉——

「…………」

無言。我一句話都說不出。

超宇宙占星術師是什麼鬼。是蘭花（註11）的盜版貨喔——這麼虛的吐槽我講不出口。只能啞口無言。

從那一天起，我的手機就一直收到這種恐怖簡訊。

From 平塚 to 比企谷　主旨：詢問進度

註11　動畫《超時空要塞Frontier》中的角色。個人角色歌為〈星間飛行〉。

午安，比企谷同學。今天我又去找了那位幫我占卜的老師。

身為教師的我叫人「老師」有點奇怪呢（笑）。不過，老師說的話非常有深度，我很尊敬他。

他說宇宙中存在科學技術還沒辦法觀測到的未知能量，接觸到這種能量的話，人類就能覺醒操縱隱藏在體內的運氣的力量──

From 平塚 to 比企谷　主旨：詢問進度

午安，比企谷同學。今天我又去找老師了。

老師說妨礙我結婚的大宇宙的意志似乎非常強大，難以根治。但老師說他有個裝著宇宙能量的聖光的壺，是從上一代的超宇宙占星術師手中繼承來的，只要我把它買回家，或許會有幫助……

可是那個壺非常昂貴，老師說可以介紹值得信賴的金融機構給我，我卻遲遲下不了決心──

慘了。慘了。代誌大條了。這是怎樣？《黑金丑島君（註12）．女教師篇》嗎？好

註12　以高利貸為主題的日本漫畫。

恐怖。未知的宇宙能量是啥？好恐怖。

我搞不好錯估了急於結婚的女性的精神壓力。那個平塚老師竟然會變成這樣。

當然，我也沒冷血到會置之不理。

我判斷必須制止平塚老師，某一天，我一大早就去跟她說那個占卜師有問題。

我問她，您沒在《現在〇午了！》（註13）上看到中〇知子（註14）小姐的悲劇嗎？

然而，平塚老師沒把我的話聽進去，甚至問我這種問題。

「比企谷，我問你。你覺得上帝為什麼要賜給人兩顆腎臟？」

「……………………………………………………………………」

不知道。不知道，但我認為不是為了讓人拿去賣。

平塚老師已經走到我的聲音無法傳達的地方。

事已至此，我們只剩下一條路可走。無論如何都得讓她在這週末的宅婚找到對象。然後守住平塚老師的腎臟。

「……期限還有三天。材木座，你懂吧？」

註13 指日本綜藝節目《現在中午了！（ヒルナンデス！）》。
註14 日本藝人中島知子據傳遭占卜師洗腦過。

「收到！別擔心，八幡。我不會失敗第二次!!」

我們思考著。

該如何讓宅婚成功，該如何帶領平塚老師走向紅毯的另一端。

我們思考、議論、決定、駁回、肯定、否定、改良、測試、失敗、重新思考，擬定策略。

薩莉亞的關店時間到了，回家後我們還是熬夜思考下一個計策，隔天放學再拿出來檢討可行性。

由於我們嚴重睡眠不足，討論時總是要強忍著睡意。

偶爾會拿飲料吧的橘子汁和哈密瓜汽水混在一起做成哈橘汁，笑到差點窒息，原因大概是思考力下降了。

議論，議論，哈橘汁，議論，哈橘汁。

本以為我們的議論永無止境。不過，世上不存在永恆的事物。

終結之時逐漸接近，最後——

「材木座，這樣就完成了嗎……？」

「嗯，這樣就完成了……」

巧的是，那是宅婚前一天的事。在我們不知道去過幾次的薩莉亞。

看著完成的企劃書，我們不由得用力握手。

這樣平塚老師一定也會清醒過來……

「好，出發吧八幡！這東西！這道光！是我！和你的！光芒（製作）……啊。對不起，太大聲了對不對我會小心的。」

情緒亢奮到最高點的材木座喊出的帥氣臺詞，搞得周圍的客人及店員紛紛皺眉。

×　×　×

就這樣，宅婚當天終於來臨。

我們三個在做為會場的市內某處的出租大樓前碰面。

「那我走了……」

「老師，真的請您加油。」

「祝武運昌隆。」

我和材木座對走向出租大樓的平塚老師這麼說。

平塚老師沒有回頭看我們，只是默默豎起大拇指。她的背影看不出昔日哀嘆著「好想結婚……」的痕跡。

只是直盯著未來走向前方，這副模樣撼動了我們的心。

『——這真的是你們得出的答案？』

昨晚，平塚老師看完我們寫好的企劃書，神情嚴肅地詢問。我們用力點頭。

『……是嗎。那我也會相信你們。』

連續好幾天為這件事煩惱的我們三個笑了出來，彷彿之前那些事從未發生過。

我們三個就是累到這個地步。大概是緊繃的神經放鬆下來，感情一口氣爆發了。

沒問題，一定會順利。

我們看著平塚老師走進出租大樓，踏上歸途。

我不經意地把手伸進口袋，把我們的建議整理在一起寫成的企劃書，揉成一團放在裡面。

我默默打開它，又看了一遍。

上面寫著這樣的字句。

Q：這是在惡作劇嗎？

A：不，這是平塚靜‧最終型態。

「…………………………………………………………」

我再度將那張企劃書揉成一團，扔進附近的垃圾桶。

「打造小靜的全新形象」最終方案

製作者：八P×材P

【企劃概要】

精明製作人
材木座義輝及**比企谷八幡**制定的
對宅婚決戰用企劃案。

【主要概念】

能夠攻陷全宅男
具備所有萌屬性的最強最萌女性

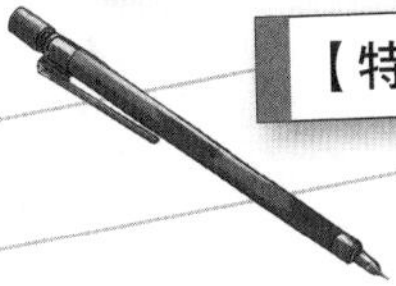

【特徵】

★超級可愛

★萌

★宅宅和非宅都會被萌到

★口頭禪是「啊哇哇哇～！」「唔咦咦咦～」←可愛

★講話時在語尾加上「～的說♪」←超可愛

★常講「你、你可別誤會！我可不是為了你做的！」←傲嬌很可愛

★大約三秒說一次「最～喜歡哥哥了！」←妹屬性很可愛

★每天早上都會「不快點起床會遲到喔！給我起來～！」
這樣叫人起床←青梅竹馬屬性很可愛

★社團活動結束時說著「學～長，一起回去吧♪」
叫對方請妳吃麥當勞←學妹屬性很可愛

★說著「可以盡情跟姊姊我撒嬌喔～」
把對方寵到天邊←大姊姊屬性很可愛

★驚訝時會冒出貓耳←獸耳屬性很可愛

★真實身分是魔法少女，白天黑夜都在默默奮戰
←魔法少女很可愛

插圖：ponkan⑧

嗯，垃圾分類很重要。要愛護地球喔。

先別管那個了，我無意間說出這句話。

「這、這這這這這這、這不是我一個人的責任喔……」

這次學到的教訓是，千萬別相信熬夜三天的人得出的結論。

× × ×

……之後。

「比企谷——!!材木座——!!你們做好覺悟了吧!?」

不用說都知道氣得前所未見的平塚老師制裁了我們，所以我就不多說了。

「唉……好想結婚……」

平塚老師的自言自語，參雜在遠方的蟬鳴中，聽起來十分悲傷。

完

給十年後的八幡

相樂總
插畫：ももこ

接近末班車的山手線悶得要命。

年末時期就更不用說了。

嘴巴散發出的炸物味、廉價俗氣的香水味、悶在厚衣服底下的汗水及疲勞的氣味。有種這些討厭的臭味跟瀰漫於空中的酒精殘渣混在一起，附著在老舊的皮製吊環及扶手上的感覺。

每當看見拿現在是忘年會的季節當藉口，邊走邊喝酒的人，我都會覺得他們真了不起。你們真的拿出了值得忘年的成績嗎？其實只做了會讓人忘記的工作吧？

這只是從來沒人邀他去參加尾牙的男人在胡說八道。不僅沒忘記反而是被人忘記的那一方，請體諒一下我的心情。

「……都到這個年紀了，還是邊緣人啊……」

我的身影映在深夜的車窗上，看起來憔悴不堪。

死魚般的眼睛顯得比平常凶狠許多，散發出一股腐臭味。

對於這混濁的空氣最有貢獻的，搞不好是映在玻璃窗上的這個三十歲的男人。

我縮著身子待在車廂最底部，盡量不接觸到任何東西，聽見稚嫩的歡呼聲。

「欸欸，今年聖誕老人不知道會送我什麼禮物！好期待喔！」

坐在座位上的小女孩牽著旁邊的母親的手，開心地笑著。身上穿的是以紅色和綠色為主的可愛洋裝。

對喔，聖誕節在這禮拜。

我都忘了。這是和邊緣人無緣的節日。我甚至想告這個小孩騷擾邊緣人，讓她當眾出糗。不過這麼做的話當眾出糗的會是我。

「聖誕節，聖誕節，好開心喔好開心！」

聖誕節，聖誕節，妳好吵喔妳好吵？

我把手伸進公事包，以隔絕無罪的笑聲。

「啊……」

結果摸到不是耳機的東西。

是明信片。

通知我要辦同學會的明信片。今天早上我在公寓的信箱發現的，不小心一直放在身上。

虧我把這個活動也忘得一乾二淨，結果因為一場意外又想了起來。大人有太多想忘記的事情。一人忘年會在等待著我。說起來，「忘記」這個行為就是自己一個人做的，無須他人介入，所以獨自召開忘年會反而比較正確。

「唉……」

我嘆了口氣，看了一遍明信片上的文字。

『離我們從總武高中畢業，過了很長一段時間。我想大家應該也都找到不錯的工作，建立幸福美滿的家庭，迎接各種變化。要不要趁畢業十週年，久違地聯絡一下感情？』

多麼正確無比的內容。

深信每個人都在向前邁進。

主辦方大概是戶部或他們那一掛的人。對於成群結黨並不排斥，用十週年這個魔法詞彙放大同伴意識。

沒有他意。

因此雖然沒有惡意，也沒有善意。

通訊軟體和社群網站的同學會消息一直被我放置，對方甚至特地打電話到老家問我現在的住所，寄明信片過來。

也不想想看我為何要無視。

離高中畢業過了十年。仔細一想，我還真是走到了很遠的地方。

我對那個場所沒有不好的回憶，甚至會懷念。

侍奉社和侍奉社的成員。閉上眼睛，他們的面容至今依然會浮現腦海。

那裡對於我的高中生涯來說，是最神聖的聖域。

在充滿錯誤的世界中，有著認真生活的人們，上演了一齣絕對沒有搞錯的青春戀愛喜劇。

我覺得那是一則美麗的故事。雖然這樣講像在自賣自誇。

不過，正因如此——

「……蠢死了。」

我用盡最大的力氣，揉爛同學會的明信片。

當時的他們她們。

我死都不想見。

童話故事已經畫上句點。

美麗的青春戀愛喜劇的時代結束了。

我們已經生活在十年後的沉悶空氣當中。

×　×　×

山手線的內圈，在從大塚站開往池袋站的途中會有一個急轉彎。

生活在大都市東京內，一刻都不容大意。

毫無防備地站著的話，會被突如其來的離心力甩出去，急忙站穩腳步，換來隔壁的人的臭臉。這種事很常見。

在東京這座水泥叢林中，給別人添麻煩乃罪大惡極之事。這裡可是難以生存的自然環境。唯有適應這個環境的人，能在荒蕪的文明社會上生存。

「再睡幾覺聖誕老人就要來了！叮叮噹！叮叮噹！聖誕節快來吧！」

我穩穩站在地上，承受著習以為常的離心力，下一瞬間，小女孩尖銳的聲音再度刺進耳中。

轉頭一看，她的母親正在打瞌睡，似乎沒力氣安撫小孩。

好危險。

我指的不是在這種時間搭電車的小孩。

小孩子在深夜外出的理由要多少有多少，例如因為父母要工作的關係，暫時找個地方把他寄放到晚上，或是不能在陽光底下走路的體質、他們過的不是日本時間而是格林威治標準時間等等。

這不重要。我對別人家的教育方針沒興趣。我們家是我們家，別人家是別人家。邊緣人是胸襟跟甘地一樣寬大的生物。堅守不殺生主義，一輩子被人無視的等級。可悲啊。

真正危險的不是小孩。

是周圍的大人。

每當小女孩精力十足地唱起歌，都會傳來不耐煩的咂舌聲。

明顯看得出，車廂裡的人都在為打破東京叢林「不可以給別人添麻煩」這條不成文規定的小孩感到不耐。

這樣下去，可能會發生什麼突發狀況。

比如說，可能會有某個危險人物跟小孩子抱怨他被不想看見的同學會通知搞得心情煩躁、聖誕節沒安排所以不想聽見這種歌。

……那個危險人物就是我，嗯。邊緣人胸襟寬大是騙人的。有人就是因為無法跟其他人妥協，才會變成邊緣人。

車內充滿一觸即發的氣氛，宛如膨脹的氣球。

那個小孩卻完全沒意識到，不停唱著歌——

「聖誕節，聖誕節，好開心喔好開心！」

「聖誕節，聖誕節，好開心喔好開心！」

——歌聲突然被粗野的聲音蓋過。

幸好不是從我口中傳出的。我還以為我太邊緣，跟《化身博士》一樣召喚了虛構的第二人格，超緊張的。（註15）

一名穿西裝的男性硬是擠開其他人，走向那個小孩。

「唔、唔唔唔……」

他站在嚇得瞪大眼睛的小女孩面前，長腿往兩側用力一踏。巨大身軀的體重全壓在上面，導致老舊的皮革吊環發出如同老奶奶的呻吟聲。

他接著轉了半圈。

背對小孩，望向周圍的大人。

「好了好了諸位，聖尼古拉的節日就快到了！愁眉苦臉地站在那邊，對聖人未免太失禮。唱歌跳舞大聲歡呼吧！跟我一起唱！聖誕節，好開心喔好開心！」

那人哈哈大笑，粗啞的聲音響徹車廂。

看來他醉得很厲害。站都站不穩，講話不合邏輯。大聲喧譁的理由對他來說肯定一點都不重要。

不去觸怒神明，神明就不會懲罰你。

註15　主角亨利・哲基爾博士喝了自己調製的藥劑後，分裂出邪惡的第二人格海德博士。

在東京叢林中，除了不能給人添麻煩這條不成文規定外，還存在「千萬不能跟看起來有問題的扯上關係」這條絕對的法則。

都市人都很虔誠。眾人紛紛移開目光，不然就是移動到隔壁車廂，遠離這個怪怪的神明。

而他則是──

「──嘿，小朋友。」

轉頭看著那個小孩，露出笑容。

「妳聲音這麼好聽，要好好珍惜啊。」

「好、好好珍惜？」

「隨便唱給大家聽，太浪費了吧。」

他沒有說「妳很吵」。是十分溫柔的說法，跟其他人的威嚇截然不同。

「……可是，聖誕節，很開心……」

緊張的小女孩肩膀慢慢放鬆，用稚氣尚存的聲音天真地笑著。

她的身姿被男人巨大的身軀遮住，大多數的人都看不見。

原來如此。

聽見兩人的對話，我自然而然想通了。

剛才的醉樣是演出來的吧。他想讓乘客對小孩的反感集中到自己身上，藉此改善車廂內緊張的氣氛。

那聰明的做法——使我的內心躁動起來。

雖然他的外表、語氣、行為舉止都變了許多。

我知道這男人的名字。

「那妳只唱給媽媽聽如何？這樣感覺起來就像只屬於妳們兩個的特別的歌對吧。」

「好、好像有道理……！」

年幼的聲音獲得新的概念，語氣整個輕快起來。

不久後，嘹亮的歌聲音量漸漸轉小。

坐在小女孩旁邊的母親終於醒來，頻頻低頭道謝。

「不會不會。聖誕快樂。」

男人輕輕一笑，颯爽地點頭致意。

電車正好抵達池袋站。

他若無其事地從打開的車門走到月臺，我急忙追上去。

「那個，請等一下。」

我成功在下樓梯前叫住他。

「……有事嗎？」

他對我投以懷疑的目光，害我有點卻步。

光憑外表，他果然想不起來的樣子。我也沒什麼自信就是了。

我們都老了。

「……你是材木座同學吧？」

他更加驚訝地眨眨眼睛，沉默降臨。我受不了這尷尬的氣氛，揮著手解釋：

「那個，我不是可疑人士。我們高中時是朋友……」

「啊，不用了。」

他的大手立刻朝向我。不用了？什麼東西不用？

我愣了一下，他用非常平靜的聲音接著說：

「就算你想玩朋友詐欺，我這人一個朋友都沒有。請你去找別人。」

「……啊哈哈，我不會對朋友講那種話啦……」

「不好意思，我沒有錢。真的什麼都拿不出來。放過我吧。」

他開始求饒。

對了，材木座同學好像本來就有這一面。他會在大聲講話的下一秒突然變正經，第一人稱也會換。

看起來變了又沒變，明明是很久以前的回憶，令人懷念的舉動卻重現於我心中。

也許正因為是他，我才會覺得在不想見面的當時的朋友中，他是唯一可以開口搭話的人。

我不知道。

說不定打從一開始，我就不該叫住他。

我克制住想扔下一句「我認錯人了」轉身就走的衝動，握緊拳頭。

「你不記得啦。但我們真的是朋友。放學後我偶爾會和你一起玩，一起去ＫＴＶ唱〈going going alone way!〉……那個，我還是網球社社長……」

不管幾歲，自我介紹都好高難度。

我語無倫次地說出一個個可能可以讓他想起我的關鍵字，他睜大眼睛。

發出怪聲。

「難、難道你是——戶塚彩加!?」

「……太好了。嗯，對呀。」

我輕輕點頭。

× × ×

材木座同學說他要去轉乘東武東上線。

他現在住在琦玉，常跑來這裡玩，我就接受他的好意，讓他帶我去逛池袋西口的繁華街。
明天放假，晚回去也沒關係。
聊著聊著，我們自然得知彼此都單身，也不用顧慮其他人。
「好久沒見到你了。嗯，上次見面莫非是成人式？」
「之後大家還一起去喝酒，慶祝大學畢業。」
「……沒人約我耶？」
「咦!?」
「原來大家一起去喝酒了，這樣啊……」
「那、那個，呃，可能是我記錯……啊！得點餐才行，點餐！」
我們踏進材木座同學常來的居酒屋，先點了生啤乾杯，材木座同學把手撐在桌子上，托著腮凝視我。
「無論如何，五年的時光竟已匆匆飛逝。雖說士別三日什麼的……你變得還真多。」
「啊哈哈……先不說這個了，材木座同學，原來你是會做那種事的人啊？」
我在自己的臉前面甩了下手，轉換話題。
「哪種事？」
「剛才在電車上發生的那件事。你幫那孩子解圍了不是嗎？」

從高中時期開始，材木座同學的外表及行為就與眾不同。

某種意義上來說，非常引人注目。

不過「引人注目」和「想引人注目」意思完全不同。

面對八幡那樣溫柔的人，他會敞開心胸，講話變大聲，但我看過好幾次他在不認識的人面前乖得跟什麼一樣。

他應該非常不擅長面對車廂內不特定多數人的惡意才對。

「噢，你指那件事嗎……沒什麼，小事一樁罷了。」

材木座同學將啤酒一飲而盡，吁出一口氣。

然後用誇張的動作大大張開右手。

「於冥暗之時在外徘徊的孩童，都有自己的苦衷吧。」

「苦衷……例如因為家人晚下班的關係，被寄放在其他地方？」

「誠然。或者，那名孩童說不定晚上就會展開雙翼，去吸血鬼學校上課。說不定是在太陽底下走路，肌膚就會燃燒的體質。說不定他過的不是日本時間，而是吸血鬼時間。」

……他現在迷的是吸血鬼嗎？還是老樣子呢。

我對他投以溫暖的目光，材木座卻不為所動。

「儘管無法理解所有的原因，我們至少可以陪在他身邊。」

他用力將空酒杯放到桌上，發出今天最中氣十足的聲音。

「因為我們不惜粉身碎骨工作到這麼晚，全是為了守護孩童能健康生活的社會！呼哈哈哈哈！」

看見他刻意裝成高中時期的模樣，我終於發現。

他大概——是在害羞。

就算會害羞，他依然闡述著人生的原則。

在電車裡面，我明明也有過同樣的念頭，我卻覺得我們的思考模式有著驚人的差距。不是，我指的不是中二病。

我從正面重新觀察他。

比以前瘦一點，長高許多，相貌變成熟了。

「……材木座同學——」

「嗯？」

「你變了很多呢。竟然做得出那麼聰明的選擇……」

我嘆了口氣。

「跟葉山同學一樣。」

我是想稱讚他的，材木座同學卻「噗！」了一聲。

他發出鏗隆鏗隆的咳嗽聲，用力揮手。

「沒有沒有，沒有沒有。你才是。」

「我嗎？」

「那個，就是……那個啦——感覺變得跟八幡很像？」

我也忍不住笑出來。

因為材木座同學壓低了音量，彷彿在說很難聽的壞話。

×　×　×

高中畢業後，我和八幡念的是不同所大學。

但我們並沒有因此變疏遠。理應會嫌這種事麻煩的他，有事沒事就會聯絡我。

訊息內容大多是閒聊。比企谷家庭院的花開了、今天晚上月亮也很美、戶塚真的很可愛……他是熱戀期的男友嗎？我是男生耶……

即使不在同一所學校，我們還是維持著一定程度的聯繫。

問題就出在這裡。

女性原本是太陽——平塚雷鳥寫過這句話。

我的話會這樣寫。

無論現在還是以前，比企谷八幡都是太陽。

本人八成會馬上否認，搞不好會覺得噁心把我封鎖，但在我眼中，他確實是太陽般的存在。

獨自掛在天空中，能夠憑一己之力綻放光芒的灼熱恆星。

苛刻、孤獨，卻散發著令人安心的熱度。

若能一直待在他身邊，誰都會忍不住猜想自己是不是也能變成這樣。

從高中的時候起，我就逐漸產生誤會。

因為比企谷八幡對戶塚彩加這個人太過親切。

我一直認為自己是八幡特別的摯友——不小心以為自己也是特別的存在。

在辛苦考進的大學內，以及出社會後進入的公司，都試圖用自己的方式真誠待人。

我曾經靠自我犧牲解決我加入的網球社的糾紛，也曾經看穿候選人的真意，解決校內選舉發生的問題。牽扯到政治案件的重要活動，我也在被外人搞得一團亂的情況下讓它順利落幕。

我覺得，我下意識模仿了不停追求真物的八幡的人生態度。

可是——一切都是錯的。

八幡是因為他是八幡，才有辦法一直做八幡。

因為他擁有任何反感都能隔絕的強大、所有拒絕都能接受的弱小，以及將真正重要的人緊緊擁抱的溫柔。

我沒能成為八幡。

幾乎在各個方面資質都不夠。

就像夜晚冰冷的月亮，無法成為白天耀眼的太陽。

我僅僅是在八幡身邊接受他的光而已。

在大學不停做白工，在公司被排擠，變成邊緣人的數年後，我才意識到這件事。

× × ×

「……戶塚，你是不是太美化八幡了……？」

材木座同學用看待異形的眼神看著我。

我已經不記得我們點了幾瓶啤酒。

我們都喝了不少，久違的重逢帶來的些微緊張感及尷尬，都緩解得差不多了。

「那廝雖然是我劍豪將軍義輝認同的男子漢，你竟會如此心醉於他，著實令我有些吃驚……我說，戶塚。」

「嗯？」

「如果你有煩惱，我可以聽你說。」

他是真心在為我擔憂。

我苦笑著搖頭。

「沒有啦。只是被每天的生活搞得很累。」

「這完全是有心理疾病的人會說的話……咦，對了，你現在在做什麼工作？」

「醫藥品批發。送藥到各家藥局。」

「哦喔？雖然不太能想像，是幫助人的職業啊。這樣一想，挺符合你的個性。」

「啊哈哈，會嗎……」

我聳聳肩膀。這工作很無聊。去我負責的調劑藥局打招呼，討好醫生，一天就結束了。

不至於覺得自己在做沒意義的事。可是，能取代我的人要多少有多少。跟人生一樣。

沒有慘到令人絕望，卻絕對無法成為唯一的那個人。

「你現在在做什麼？」

我不想再聊自己的現況，便將話題轉移到他身上，材木座同學得意地拍了下大腿。

「問得好。我在遊戲公司上班！」

「哇，夢想成真了耶。」

我懷著今天最誠懇的心情鼓掌。

聽說他一直想當創作人。長大後還能繼續追尋高中時期的夢想的人，屈指可數。

「好厲害……你已經做出好幾款遊戲了嗎？」

「嗯？嗯，是有幾款遊戲工作人員表有我的名字……」

「好好喔，叫什麼名字？」

說著，剛剛還在鼓掌的手自然垂了下來。

同為只是待在太陽身邊的人，我實在忍不住不拿自己跟他比較。

以真物為目標，成功達成目標的他們。

連偽物都當不上，無所作為的我。

我們都變了很多。多到無法回頭的地步。

「材木座同學真厲害……」

參雜嘆息的聲音輕輕落在地上。

在我尋找我的聲音去往了何方前，眼前的他從椅子上起身。

要去洗手間嗎？他喝醉了，一個人去很危險耶——我腦中冒出離正確答案差了十萬八千里的推測，材木座同學一把抓住我的手。

「……戶塚，走吧。」

「咦？」

「一起去吧！去我的公司！」

「咦咦咦咦咦!?」

我被他強而有力的手從位子上拉起來。

× × ×

「我現在在做懸疑推理風的文字遊戲。」

我們坐上在池袋站的圓環等客人的計程車，材木座同學激動地說。

「隨著劇情的進展，需要用到醫療關係的知識。你既然在批發醫藥品的公司上班，應該懂很多這一行的知識吧。我把你介紹給製作團隊認識，能協助我們取材嗎？」

「我的確常跟醫療人員打交道……可是跟專業人士起來，我根本沒懂多少喔？」

「無妨。取材是次要目的，你本身才是最重要的。光是你願意跟我一起做遊戲就會有收穫。」

「什麼意思？」

「夢想到了幾歲都能實現。我想跟疲於生活的你證明這一點！」

材木座深深坐進計程車的座位，意氣軒昂地舉起拳頭。做遊戲是你的夢想，不是我的夢想……

我說不出口。

因為老實說，我不小心被感動了。夢想無論何時都能實現。真是句名言。非常棒。喝醉有時會害人情緒不穩耶。

「……說得也是。我想看看你做的遊戲。」

我輕輕點頭，材木座同學愉悅地挺起胸膛。

「順帶一提，本作的賣點是精密的專業知識和新傳奇作品的氣氛兼具。女主角是吸血鬼，看得見直死之線，是貧乳又愛吃醋的妹妹鏗隆鏗隆！」

「噢，所以你才會這麼執著於吸血鬼。專業意識真高。」

我想到他在電車大聲吶喊的那一幕，低聲說道，材木座同學默默流下淚水。喝醉有時會害人情緒不受控制耶。

「咦，你怎麼了……？」

「我在感受沒被說『所以你抄了哪部作品？』的喜悅。」

「我才不會對別人的作品講這麼難聽的話。」

「……戶塚，你是不是搞錯崇拜對象了？」

材木座同學帶著五味雜陳的表情搖頭。

我不知道該怎麼回答，將視線移向窗外流逝而去的景色。不管他本身有沒有那個意願，太陽總是會持續吸引別人，大概。

材木座同學的公司位於新宿站附近的辦公街。

我沒什麼在玩遊戲，所以聽見名字也沒概念，不過那家公司在遊戲業好像頗有名氣。材木座同學說的。

下車後，我拿出手機一看，早就過凌晨十二點了。

「雖然都到門口了才問這個很奇怪，現在這時間進得了公司嗎？」

「放心，不會有問題。做遊戲的人要練到吃飯睡覺都在公司解決，才稱得上獨當一面。現在是製作階段的關鍵時期，公司裡想必燈火通明吧。」

我順著他的手指抬頭看過去，高樓大廈中段，有一層樓整排的燈都是亮著的。

「我今天晚上也是久違地離開公司一趟，準備回家。」

「這一行也很辛苦呢……」

面向大馬路的正門已經關上。

我們繞到大樓後面，員工用出入口低調地設置在用來掩人耳目的整齊籬笆的縫隙間。

剛刷卡解除電子鎖，材木座同學巨大的身軀就靈活地跳起來。

「唔，糟糕！」

「糟糕？」

「會被發現！」

我從材木座同學身後探頭偷看剛打開的門。

一名身穿羊毛大衣加休閒帽T的員工，正在從通往大樓內部的狹窄道路的另一端走來。

「不能被發現嗎——痛痛痛，好痛，材木座同學，就算你推我推得這麼用力，我也沒辦法躲進更裡面啦……！」

他拚命推我的背，把我往後門旁邊的高籬笆推。我一頭栽進草叢，開口抱怨。

材木座同學卻已經不在旁邊。

「喔，材木座先生。這麼晚了你在做什麼？是說你酒味好重！」

「有點雜事要辦……相模先生也辛苦了，這麼晚還留在公司。」

他光速跑回後門，跟那個人打招呼。

從公司出來的，大概是有點地位的人。

看見鞠躬陪笑的材木座同學，我心不在焉地想——他真的變成社會人了。

×××

「抱歉。」
和大人物聊了一會兒，目送對方離開後。
材木座同學回到籬笆處，對我深深低下頭。
「仔細想想，就算是在會客室，這個時間讓外人進公司不太好……我只得採取強硬的手段，以免被人抓到。」
「沒關係啦，我不介意。」
我輕輕搖頭。
「但我還是別進去打擾比較好吧。」
「唔！為何！」
「說不定會有其他人看見，即使沒被發現，也可能給你帶來許多不便。」
「唔嗯……」
材木座同學煩惱地沉吟，抬起視線看著我。雖然這一點都不重要，他好擅長由下往上看人。真想讓八幡看看。他感覺就喜歡這種。
「……莫非你聽見我跟方才那名男子的對話了？」
「一句話都沒聽見。我沒興趣偷聽人說話啦。」

我垂下眉毛，靦腆一笑。

高中畢業後，我就故意不這麼笑了。我討厭自己幼稚的這部分。但現在為了讓他放心，我刻意露出這種笑容。

「是嗎……？」

然而，材木座看起來根本不相信。

八成是因為我突然拒絕去他的公司，而他認為理由在他跟那男人的對話中。

「沒辦法。事已至此，只得跟你坦承真相。」

材木座吞了好幾口口水，下定決心，瞪大眼睛。

「其、其、其實！我的真實身分是……！」

「……不是遊戲開發員對吧？」

「你果然聽見了！」

材木座同學擺動四肢。雖然這一點都不重要，他鬧脾氣的方式好可愛。真想讓八幡看看，他感覺就對這種沒抵抗力。

「沒有啦。剛剛那個人對你說了什麼嗎？」

我是真的沒聽見。

那個叫相模的人跟材木座同學聊了很久，我想說可能是在聊公事，就摀住了耳朵。

不過。

「我來不及摀住耳朵，剛開始那幾句話有不小心聽見。」

對方看到材木座同學這時間還在公司，為此感到驚訝。

可是做遊戲的人要練到吃飯睡覺都在公司解決，才稱得上獨當一面。現在是製作階段的關鍵時期，所以公司的燈也亮著——這是材木座同學自己說的。

綜合兩者，得出的答案只有一個。

也就是說，材木座同學沒有參與製作那款遊戲。

「那、那無法證明我不是遊戲開發員！搞不好我參加的是其他團隊！」

材木座同學一遇到突發狀況就會忽然變得很可愛，太犯規了。也可能是我眼睛出問題。

我低頭向驚慌失措的他道歉。

「……材木座同學，對不起。其實在計程車上的時候，我就覺得不太對勁。」

「你說什麼!?」

「因為車子是開往新宿的方向……」

我和材木座是在山手線內圈遇見的。

在從大塚開往池袋的車廂內，看見穿西裝的他。

不過，若要從公司所在的新宿轉乘東武東上線回池袋的話，要搭的是外圈。搭內圈這件事本身就很奇怪。

也就是說，材木座同學不是從這家公司下班的。

「你要是沒講得一副遊戲開發員都窩在公司的樣子，我就不會發現了。」

「討厭討厭，以理服人的戶塚才不是戶塚！講什麼山手線的內圈外圈，你還算千葉人嗎！」

材木座同學變成小嬰兒了。真想讓八幡……不，還是不要吧……

「……對不起。」

我再次道歉。

開始自己一個人住後，我就變得對大都市東京的地理環境非常熟悉。

搭乘通往千葉地區的總武線的頻率則大幅下降。

我們就是像這樣吸收高中時期不知道的知識——等到回過神時，已經無法回到那個時候。

×　×　×

「我是業務員……」

材木座同學抱著啤酒瓶呻吟。

我們回到不夜城新宿的東口附近，走進剛才那家居酒屋的連鎖店，再次沉溺於酒精的海洋中。

「我今天本來打算直接從客戶那邊回家。看到小孩就覺得他們都是遊戲玩家，有種親切感，才會忍不住跟她搭話。」

「……我覺得那也是很了不起的專業意識。」

「但我想做遊戲！想做遊戲讓世上的俗人捧我！」

「真是堅定不移……」

我輕輕一笑。

材木座同學說他提出了好幾次企劃書，通通遭到駁回。

剛才那男人是開發部的大人物，他每天都在拜託對方提拔他，結果只會得到模稜兩可的回答。

「那款以吸血鬼為主題的文字遊戲做完後，肯定會是名作。雖然製作團隊目前只有我和工讀生……」

材木座同學沒有騙我。確實有幾款遊戲的工作人員表有他的名字。

只不過是以行銷人員和推銷人員的身分。

「這樣你還不滿足嗎？」

我將空杯子拿在手中轉。

「廣義上來說確實跟遊戲有關，表現得好一點的話，說不定也能被人捧。」

「那樣不行！」

材木座大聲怒吼，趴到桌上。

「……那樣就等於是放棄了。」

他接下來這句話說得非常小聲。用一雙大手抱著頭，斷斷續續地咕噥道：

「我以前就說過要當遊戲開發員，也講過許多大話，也讓人幫我收拾過爛攤子。我想讓你……看到它開花結果。」

我想，他真的想展現成果的對象，大概不是我。

我們都在注視同一個人——同樣的虛像。

「只要相信自己，貫徹到最後就能實現。我很久以前就知道了。」

「……材木座同學。」

「所以，我絕對要實現夢想……」

他的聲音變得愈來愈微弱，消散在空中。

總覺得——像是被一成不變的生活搞到疲憊不堪的三十歲男人的聲音。跟某人一樣。

我們一定是離太陽太近了。

太過靠近他，所以至今依然將巨大的某物懷抱在自己的中心，繞著同樣的地方打轉。

就像環狀線，就像山手線。

我們哪裡都去不了。

× × ×

我們就這樣喝到意識不清為止。

高興地聊著高中時代小小的回憶，盡是拿以前的蠢事出來分享。

「現在回想起來，侍奉社的女生還滿可愛的……我真是太不懂得珍惜了……」

「你？不懂得？珍惜？」

「那裡面的女生你喜歡哪一個？」

「好像畢業旅行睡前會聊的話題……」

「因為那個時候，你被捧成看起來就不會有性慾的王子嘛。可是男生通常多少會對女孩子有點意思。」

「祕密。」

我哈哈大笑。他眼中的世界和我眼中的世界不太一樣，果然有點有趣。

「對了，之後好像要辦同學會。」

「……我怎麼不知道……？」

「咦，喔，嗯。啊，不過！搞不好明信片有寄到你老家？」

「是嗎……沒差，反正我不會去。」

「我想也是——」

「死都不想見到他們。」

「我懂。太懂了。」

「——真的嗎？」

我們的表情瞬間轉為嚴肅，在彼此眼中看見同樣的顏色。

說謊，我和材木座同學都是。

為了立刻將其抹消，我們刻意把話題扯到往事上。

「所以是誰？」

「什麼東西？」

「你喜歡的是誰？高難度的雪之下？還是安全點的由比濱？難道是爆冷門的一色？還是說該不會……」

「祕、密！」

「啊啊——我也好想上演青春戀愛喜劇！想要有人對我說想要我的人生！」

「呵呵，對呀——好想體驗青春戀愛喜劇的滋味。」

材木座同學講了好幾遍同樣的話，我也不厭其煩地附和。

或許我們這兩個一丘之貉，就是在藉此互舔傷口。

踏出店門口時，朝陽已經升上天空好一段時間。

嚴冬的寒風從身上奪走酒精帶來的熱度。我們揉著睜不開的眼睛，拉緊大衣領口。

「……元帥想睡。」

「真的。」

「完全犧牲。」

「沒錯。」

假日的這個時間帶，與車站相連的地下道還看不見幾個人。我們進行著意義不明的對話，一起走在路上。

「——啊。」

材木座同學忽然停下腳步。

我順著他的視線看過去，是一對母女。

母親我不認識，不過小孩子我記得。

「昨天那個……」

是電車上的那孩子。她住在這附近嗎？還是說，母親有可能是上夜班的？

「……早上她也能出門呢。」

我喃喃說道，材木座同學皺起眉頭。吸血鬼論被明確否定了。

沒有啦，我當然一開始就沒相信過。

我們過著平凡的人生。在這個世界中，沒有傳奇人物，也沒有奇妙的糾紛——青春喜劇也一樣，什麼都體驗不到。

「沒辦法啊。」

「沒辦法嗎？」

「沒辦法，不過也只能繼續活下去。」

「沒辦法，所以也只能繼續活下去。」

我們面面相覷，露出無奈的笑容。

就在這時，那孩子跟母親講了幾句話，啪噠啪噠地跑過來。

「——多的，給你！」

她將一小包東西塞給材木座，啪噠啪噠地跑回去。

踏著輕盈、純粹、潔白無垢的腳步。

然後跟母親一起不停鞠躬，消失在轉角處。

看著兩人離開後，我們的視線落在材木座同學手中的袋子上。

「這是……」

是一小包用紅色和綠色緞帶包裝的餅乾。不像現成品。可能是她努力做的。

有如精心準備的禮物。

「……聖誕節，好開心喔好開心！」

「你這人真單純。」

材木座同學像在開玩笑似地唱起歌，我輕笑出聲。

然而，事實上。

我有點羨慕他，所以我應該也很單純吧。

× × ×

我和材木座在刷票口道別。他要搭山手線去池袋，我則從新宿轉乘小田急線。

「聖誕節，好開心喔好開心……嗎？」

材木座同學和那孩子自創的聖誕歌，在耳邊揮之不去。

我靠在月臺的柱子上，閉上眼睛。

將自己關進暗黑的世界，卻異常坐立不安。

「…………」

我將手伸進口袋裡摸索，拿出手機。

憑藉滑手機的聲音，按下一個個數字。是長久以來，我猶豫不決，最後還是沒有播出去的號碼。

完全是藉酒壯膽。雖然我搞不好只是在裝醉。

電話響了幾聲後——

「……喂？」

傳來了回應。

他好像還在睡。

冷淡又不耐煩——非常懷念的聲音。

「嗨囉——是我。聽得出來嗎？」

「是戶塚對吧？你聲音都沒變……根本是天使的清涼劑……」

「討厭，八幡真是的。」

我忽然一陣鼻酸。

清了好幾下喉嚨，勉強掩飾過去。

「……嗯？怎麼了？」

「沒事，對不起喔，一大早就打給你。之後不是要辦高中同學會嗎？然後我就突然想到，不曉得你過得如何。」

「啥？我的戶塚會不會太天使？」

「嘿嘿嘿嘿……」

久違的，稀鬆平常的，同學之間的對話。

僅此而已，為何發出輕快的聲音這麼費力？

既然註定得嘗到這種滋味，早知道高中時期多跟他說話。更靠近八幡一點。

時間無法倒回。

苦悶的情緒盤踞在內心深處，即使如此，我還是不想掛電話。

「對喔，我們明明有傳訊聊天，卻不會聊太深入的話題，都不知道對方的近況。你現在在做什麼？」

「嗯——我喝醉了。」

「聽得出來。」

真拿他沒轍——我笑了出來，一面讓耳朵習慣八幡的呼吸聲，一面發著呆心想。

八幡，跟你說喔。

我好喜歡你。

笨拙的部分、堅持會負起責任的部分、會掩飾這一點的部分。

我無可自拔地喜歡著你。

喜歡到欺騙自己死都不想見你。

「八幡不去參加同學會嗎？」

「我怎麼可能去。對了，下次一起出去玩吧。不帶老婆。」

「啊哈哈……可以嗎？」

「可以啊，預產期快到了。等小孩出生，過來看看吧。」

「……嗯，希望有那個機會。」

我會努力嚥下苦澀的情緒，展露笑容。

在你面前，像以前那樣。

所以──

「欸，八幡。」

「嗯？」

「聖誕快樂！給我禮物！」

「哦、哦？幹麼幹麼……你突然跟我撒嬌害我措手不及差點死掉。送你我的遺產當聖誕禮物行嗎？我現在去寫遺書，等我一下。」

「呵呵呵，開玩笑的。我不會對有婦之夫提出這種任性的要求啦。」

「但我又沒其他禮物。」

「我已經收到了。絕對不還給你。」

「啥……？喝醉的你可愛到無法無天耶？」

所以——在掛斷電話前。

請讓我抱緊你一如往昔的聲音、太陽的熱度。

拜託了，八幡。

完

川崎沙希與比企谷八幡跟紀念日有關的故事

天津向
插畫：うかみ

我在家裡的客廳耍廢陪小雪玩時，待在廚房的小町「啊！」了一聲。

「怎麼了小町？看見那種動作很快的黑色蟲子了嗎？」

「那個，看見那種蟲子小町會叫得更大聲。哥哥真的很邪惡。」

「我本來是想開個幽默的玩笑，沒想到會被罵成這樣。」

「比起幽默更接近陰沉。感覺得出開這個玩笑的人很陰沉。」

這個回應把我的個性摸得一清二楚，不愧是長年跟我生活在一起的妹妹。

「所以，妳是被什麼東西嚇到？」

「不是嚇到，是想起來了。」

小町走到客廳，指向掛在牆上的月曆。

「母親節快到了。」

「喔，對啊。怎麼了嗎？」

「小町忘記要買禮物。」

「喔，這樣啊。那今年也拜託妳了。」

比企谷家的母親節，每年都是由小町挑禮物，然後我出比較多錢。我和小町合送一個禮物是慣例。

「嗯——」

小町沉吟著，走到我面前。

「小町覺得，哥哥和小町都不是小孩子了。」

「對啊。在某些國家，我們這年紀說是成年人都不奇怪。但我成年後還是想住在家裡。」

「這是什麼家裡蹲發言……不是啦，小町是想說，禮物是不是分開送比較好。」

我看著提出這個建議的小町的眼睛。

「小町，不可能。我完全沒有挑禮物的品味。品味差得嚇死人。不是沒有，而是負的。我挑禮物的品味爛到毀天滅地。」

「哥哥，虧你有臉講到這個地步。」

「所以我才總是請妳買禮物不是嗎？例如時尚的東西，或是時尚的那個。」

「哥哥的品味差到講不出名字耶。」

小町一下就看穿了。我因為自己腦中太缺乏時尚的詞彙而感到無奈。

「我無法想像我送的禮物能讓對方開心的未來。所以我不會自己去買禮物。證明完畢。」

說完，我抱住小雪，小町卻馬上把小雪從我手中搶走。

「哥哥，小町也知道你不會挑禮物。」

「妳竟然知道!?」

她直接往我心上刺了一刀，我有點恐懼。不對，這是我自己說的，所以應該沒關係，可是我信賴的妹妹這麼明確地對我表示肯定，害我忍不住心跳加速。

「不過，小町覺得送什麼禮物並不重要，媽媽高興的應該是『小孩為我選了這個禮物』才對。」

「呃，這說法會不會太精神論。」

「而且這樣還能營造出反差呀。『那個八幡，對這種事一竅不通的八幡竟然為我買來這樣的禮物。好高興！』」

「會嗎？」

「會啦。『品味是很差沒錯，可是好高興！不對，正因為品味差才讓人覺得真的是八幡為我挑的，好高興！』」

「我在妳眼中品味到底有多差!?」

小町都把我說成這樣了，難道我的品味比想像中還差？莫名的不安襲上心頭。

小町把臉湊向著急的我。

「所以這次，哥哥要自己買母親節禮物！這樣小町覺得分數比較高。」

小町講完這句話露出的笑容，和必須獨自幫人買禮物帶來的倦怠感，導致我覺得怪怪的。

不懂我心情的小雪，悠哉地看著這邊。

「嗯……毫無頭緒。」

我在一家類似選貨店的時尚店家內自言自語。

隔天，我趁放學後跑去逛「LaLaporTOKYO－BAY」這家店。我聽小町的話來到購物中心，卻想不到要買什麼。

我用Google老師調查母親節禮物，查到送花或時尚的小東西還不錯，但我不知道該選哪一個。

是說選這種基本款的東西，反而會被罵沒品味吧？思及此，我的思緒就打成死結，解都解不開。

怎麼辦咧。

「請問您在找什麼呢？」

聽見這句話，我抖了一下。店員來關心我了。

「啊，沒關係，我自己看就好。」

我完全表現得像個社交障礙，倒著走出店門。

我輕輕做了個深呼吸。哎呀，話說回來，為何店員都那麼愛親暱地跟人搭話？也會有不想跟人說話的客人吧。有沒有那類型的貼紙可以貼？像用來貼在車上的「車上有小嬰兒」貼紙，「社交障礙在自己一個人逛街」之類的……不對，這樣反而是貼那張貼紙的人會受到羞辱。

總之請不要跟我說話。那是事實。

「喂，你──」

這時，突然有人叫住我。我以為是店員追過來了，回頭一看，一名頭髮黑中帶藍的高䠷女性站在那裡。

「你在這種地方幹麼？」

那粗魯的語氣，我好像在哪聽過……呃，她是誰啊。我想想看──記得是叫川、川、川……

「你有在聽我說話嗎!?」

「咦?喔，有啊。妳問我在這裡幹麼對吧。我來辦一點雜事。」

這個年紀來買母親節禮物有點難為情，因此我隱藏了目的。

「那妳呢？」

「啊──我來買我妹京京的……」

「京京？」

「你記得吧。她也有送你巧克力。」

送我巧克力？我收到巧克力可是稀有事件，不可能忘記。呃，京京京京……

「啊！那個京京！」

想起來了。情人節送我巧克力的小女孩。那孩子是她妹，意思是這個人是……

啊，川崎。川崎沙希。以有個討厭鬼弟弟為人所知的川崎。

「京京怎麼了嗎？」

「嗯。她生日快到了，我來這邊幫她買生日禮物。」

「哦。原來妳也是。」

話一說出口我就意識到自己說錯話了。川崎盯著我的臉。

「你也是來買生日禮物的？」

「是來買禮物的，但不是生日禮物。」

「嗯？什麼意思？」

川崎面露疑惑，似乎聽不懂我說的話。也對，正常人都會納悶，總之得先換個話題。

「我來幹麼的不重要。妳買好京京的禮物了嗎？」

「我還在煩惱該買什麼給她……對了！反正你很閒對不對？陪我一起選京京的禮物吧。」

「為什麼！」

我像在吐槽似地表示抗議。川崎卻一副不死心的樣子。

「陪我一下又沒關係。」

「不，川崎，我懂妳的想法。可是啊，送禮的重點不在於送了什麼禮物，對方高興的是『妳為她挑了這個禮物』吧。這樣的話，由妳親自挑禮物買給人家應該比較好。」

我抄襲小町的說法，試圖化解危機，川崎卻對我投以冰冷至極的眼神。

「什麼鬼？當然是送收到的人會開心的禮物最好。」

對吧，我也這麼覺得。在同一個主題被人駁倒兩次，是很罕見的經驗呢。

「而且不知為何，京京不知為何很喜歡你。所以跟你一起挑禮物，說不定能讓她更高興。」

雖然我有點在意她講了兩次「不知為何」，現在可沒空管那些。我是來買自己的東西，沒空陪川崎挑妹妹的禮物。可是據實以報的話，她會知道我是來買母親節禮物……我看還是早點陪她挑完，早點跟她說再見吧。

「總之你只要跟在我旁邊就好。」

「好啦。既然妳都這樣求我了，我也不好拒絕。」

聽見我這麼說，川崎毫不掩飾地表現厭惡感。

「啥!?我可沒有求你。你只不過是一種調味料，好讓我送出最棒的禮物給京京而已。」

「虧妳有臉在本人面前講出這種話。」

「因為我拜託得很不甘願。全是為了京京。」

從這句話看得出川崎對妹妹的愛。這傢伙真的也很喜歡妹妹，還有那個盯上小町的討厭鬼弟弟。

「知道了啦。妳真的是妹控。」

「才不是。京京是……等同於天使的存在。」

「這就叫妹控。妳妹確實很可愛，我承認。但那是因為她有年齡優勢。」

川崎一臉不解。我什麼話都沒說，坐到眼前的休息用長椅上。

「真正的可愛，要在失去那些優勢時才會面臨真正的考驗。看能否在長大後──至少升上國中後依然維持可愛。」

「京京升上國中後當然也會很可愛。」

假如雪之下在場，她八成會說「原來你都用那種眼光看國中生。真的很噁心，拜託不要靠近我」，然而，她可是重度妹控川崎，她關心的只有「京京很可愛」。

「川崎，那只是假設。妳當然會這麼說，但那不是事實。」

「是沒錯，不過這是一定的。」

「世上沒有一定。有的只有——」

我從口袋裡拿出手機，打開一張照片給川崎看。

「長大後依舊可愛的小町這個天使。」

手機螢幕顯示著身穿睡衣，在家裡的沙發上耍廢的小町。

「……這你妹嘛。」

「嗯，沒錯。寫成妹妹唸成天使。反過來說就是寫成天使唸成小町。」

「是什麼東西反過來啦。」

川崎深深嘆息。對吧對吧。看到如此可愛的小町，妳也只能跪地投降了吧。水戶黃門拿出的印盒裡面好像也放了小町的照片，所以壞人才會俯首認罪。那聲嘆息絕對不是「這個死妹控在想什麼」的意思吧。

「……是啦，小町——是叫這名字嗎？的確很可愛。」

川崎邊滑手機邊說。

「對吧對吧。」

「不過，你只看過天使而已。」

「……什麼意思？」

「意思是，你沒看過率領天使的大天使。真可憐！」

「妳在說什麼啊川崎。大天使這種東西——」

川崎打斷我說話，秀出手機螢幕給我看。螢幕上映著打扮成妖精，面帶笑容的京京，大概是在演戲。

「怎麼樣？在這麼可愛的孩子面前，也就是在大天使面前，你還站得穩嗎？不，不行吧。那就是大天使京京葉的威力！」

她應該是因為是天使，才在名字後面加上跟拉法葉、米迦勒一樣的「葉」（註16）。我覺得京京葉聽起來怪怪的，川崎的氣勢卻不允許我計較這種芝麻小事。

「這樣就知道誰才是等級較高的天使了。」

川崎滿意地準備把手機收進包包，就在這時。

「等級較高的天使啊……那麼川崎，妳知道嗎？」

「什麼？」

「世上還存在刻意扮成天使，監視大天使有沒有把天使往錯誤的方向引導的極天使。」

註16　拉法葉、米迦勒的名字皆為el結尾。

「極……天使？」

川崎面露驚愕，我站起來把手機拿到她面前。

「沒錯！這又是極天使小町葉的模樣！」

那是新年時盛裝打扮的小町。

「這才是正義！這可愛的模樣會淨化世上所有的罪與罰！」

我一臉得意。呵呵呵。這樣世界妹妹大戰就落下帷幕了。我將手機放回口袋，伸手去拿放在長椅上的包包，一隻手立刻放到我肩上，以驚人的力量拉得我轉過身去。

「極天使上面還有主天使……」

「……不好意思，我們要關店了。」

經店員這麼一說，我和川崎才猛然回神。看向手錶，現在時間超過晚上八點。記得我是在六點左右來到這家購物中心的，然後馬上就遇見川崎……我們為妹妹的可愛爭論了將近兩小時嗎？

「……我和妳都挺會說的。」

「是啊，連要買禮物都忘得一乾二淨。」

川崎有點愧疚。不過我也一樣。基於對妹妹的愛，我們不小心進入一步都不肯退讓的狀態。從這一層意義上來說，我們是敵人也是同伴。想要立刻握緊她的手的神祕友誼存在於此。

「既然已經說好了，找一天再陪妳買禮物吧。」

「不用啦，這樣我過意不去。」

「沒關係，我都答應了。」

然而，川崎還是不肯答應。嗯——儘管有些難為情，我們之間都透過妹妹萌生友情了，跟她坦承應該也沒關係吧。

「還有，我剛才沒跟妳說，其實我今天是來買母親節禮物的。可是我不知道買什麼比較好。所以想請妳幫妹妹買禮物的時候，順便幫我挑我的禮物。這樣就互不相欠了吧？」

「是嗎？那就這麼決定了。」

她總算同意。商量過後，我們決定週末要來這家購物中心雪恥。

「話說回來，早點跟我說你是來買母親節禮物不就得了？」

「呃，很害羞耶。」

「送家人禮物哪有什麼好害羞的。」

川崎講得理所當然，這句話竄入心中，導致我心裡癢癢的。

◆　◆　◆

週末，我們約在「LaLaportTOKYO－BAY」北館中央廣場見面。時間是十一點五十分。我早了一點到。購物中心裡面有很多人，非常熱鬧。

「媽媽——那個人的眼神好可怕。」

「不可以講這種話。」

「是充滿恨意的眼神。」

「是沒錯，可是不能這樣講人家。」

希望來自身後的對話不是在說我。不行，我快哭了。

我邊想邊看著手機，收到一則訊息。是川崎傳來的簡訊。

『你在哪？』

我環視周遭，看見一個同樣在四處張望的馬尾少女。

『找到妳了。我過去就好，妳別動。』

我回覆簡訊，走向川崎。川崎也在途中看見我，輕輕舉手。

川崎穿的是灰色連帽上衣和牛仔褲的簡單搭配，我卻覺得異常適合她，或許是因為我知道川崎這個人的個性。

「幹麼盯著我看？」

「沒有啊，我覺得這身穿著很適合妳。」

「啊？講什麼鬼話。」

川崎朝我瞪過來。不過她大概有點害羞，眼神沒有平常那麼銳利。

「別管我穿什麼了……走吧。」

「嗯。要先從誰的禮物選起？」

「啊——先買你的就好。」

「是喔。那就這樣。」

我和川崎看著購物中心的地圖。

「仔細一看，這裡果然很大。」

川崎有點驚訝。

「那當然。而且這個地方歷史悠久，據說它是日本第一家 LaLaport。」

我得意洋洋地賣弄知識。

「哦——好厲害。」

川崎好像是真心感到佩服，分享這個知識的我也很有成就感。

「既然有這麼多家店，與其選定一家，到處亂逛看到喜歡的店就進去或許比較好。」

「妳說得對。那就隨便逛吧。」

我和川崎邁步而出。

大約走了三十分鐘，我稍微停下腳步。

「怎麼了？」

「休息一下。」

不愧是日本屈指可數的購物中心，這裡大得要命，要仔細逛過一家又一家店相當累人。

「川崎，妳會不會累？我看妳臉色不太好。」

「嗯？嗯……我不累。」

她嘴上這麼說，表情卻有點憂鬱。搞不好她其實身體不舒服，只是在意之前那件事（世界妹妹大戰）才勉強赴約。可是就算我叫她不舒服就不要勉強，萬一她進入備戰狀態嗆我「啥？我又沒有不舒服。我狀況反而好到不行。不要自以為瞭解我好不好？要不要現在確認看看我有沒有不舒服？」怎麼辦……至於川崎在我腦中的形象到底變成什麼樣子，就先不說了。

考慮到這一點，最好盡快挑完禮物。

「好，那走吧。」

「嗯。」

我們兩個重新啟程。過沒多久看到一家叫「莉芙」的店。

「啊——這個不錯吧？」

是家賣紅茶茶葉的店。

「你媽喝紅茶嗎？」

「啊——好像喝又好像不喝。」

「是喝還是不喝啦。算了，我覺得它挺適合當母親節禮物的。」

原來如此。我自己絕對想不到送這個。我和店員說了預算，請他幫我挑茶葉。

店員選的是什麼瑪黑兄弟經典罐裝，我在他介紹到一半時化身成只會講「哈哈哈」、「對啊」的機器人，勉強應付過去，買下那罐茶葉。

「謝謝光臨——」

我看了彬彬有禮地對我們鞠躬的店員一眼，走出店門。

「謝啦，川崎。我一個人絕對想不到送這個。」

「希望你媽會開心。」

「好，那接下來去挑妳妹的禮物。」

「……嗯。」

川崎仍然無精打采。她的語氣明顯異於平常，看來我非說不可了。

「……不舒服的話要不要回家？」

「咦？什麼？」

突如其來的問題，令川崎有點慌張。

「我看妳今天一直沒精神，改天再說也行吧。放心，妳都幫我挑禮物了，下次我當然也會陪妳一起挑。我不會買好自己的禮物就爽約。」

「……我身體沒有不舒服。」

「『身體沒有』？」

「……找家店坐吧。」

川崎扔下這句話就逕自走向前。

「喂，等一下。」

我一頭霧水地跟上去。

我和川崎走了一小段路，進入南館的咖啡廳。客人很多，不過雙人座碰巧空著，我們不用等就有位子坐。

「久等了。這是兩位的咖啡和檸檬茶。」

我往咖啡裡面加了一堆砂糖。加多少才會變成MAX咖啡的甜度？望向川崎，她默默喝著檸檬茶。看來她很喜歡喝紅茶，剛才選的禮物也是紅茶。

「所以……妳為什麼沒精神？」

面對我的問題，川崎微微垂下視線。

「京京念的幼稚園有養金魚。」

「金魚啊。我知道我知道，幼稚園會養金魚。」

「京京很疼那隻金魚。」

「嗯，正常的。」

「那孩子非常溫柔，很疼那隻金魚。」

川崎露出有點高興的表情，卻馬上又轉為悲傷。

「所以……死掉的時候會難過。」

聽見川崎那句話，我大概猜到是什麼情況了。原來如此，是這樣啊。

「那隻金魚死了？」

「……嗯，對啊。」

她說金魚是昨天死的。從幼稚園回來的京京心情低落，飯也吃不下。晚上睡覺時，她哭著問川崎「大家都會死掉，消失不見嗎？」

「我沒能好好告訴她……一想到京京這個時候也還在難過，我就覺得鬱悶。」

「這是每個人都會碰到的阻礙。」

只要活在世上，總有一天必定會碰到這方面的煩惱。而如何將這個現象告訴煩惱的小孩，也是年長者必然遭遇的問題。

「我該怎麼跟她說……」

看到川崎難得這麼溫馴，感覺得出她真的很疼妹妹。我自認我也一樣疼小町，同為珍視妹妹之人，我想為她做些什麼，卻不知道該如何是好。

「對了。」

我忽然想到，小町以前也遇過類似的事。養在學校的烏龜死掉時，她親眼目睹生命的消逝，為此害怕不已。記得那個時候……

「好像是買繪本給她看。」

「繪本？」

「嗯，小町也遇過同樣的事，當時我爸媽買了繪本給她。『生命是會輪迴的』、『還會再見面』之類的內容。」

「繪本啊。的確，繪本感覺就會寫得連小孩都看得懂。」

她以手抵著下巴，嘆了口氣，顯得莫名成熟。

這時，我想到一個主意。

「要不要送那類型的繪本當禮物？」

「禮物？」

「生日禮物。靠繪本學習生命意義的禮物。京京也會很高興吧？」

川崎頻頻點頭，贊成我的建議。

「你記得那本繪本的書名嗎？」
「不記得了。那是滿久以前的事，我想不太起來。」
「好，走吧。」
話剛說完，川崎就立刻拎著東西走出咖啡廳。
「等、等等，還沒結帳耶。」
我急忙喝光咖啡，結完帳追上川崎。
川崎和我看過樓層地圖後，前往北館二樓的書店。購物中心裡面的書店特別大間。我們找到繪本區，直接往那邊走。
繪本區比想像中還大。
「這裡嗎？有滿多本的。」
「看到書名，你想得起來送你妹的繪本是哪一本嗎？」
「不知道。總之先逛過一遍吧。」
我們一本接一本檢查起繪本的書名。我想說看到內容搞不好就想得起來，便把繪本拿起來翻閱。
可是，沒看到小町當時看的繪本。
哪一本？到底是哪一本？快想起來。
「想得起來嗎？」

川崎放輕語調詢問，盡量避免給我帶來壓力。

「啊——不知道。沒看到感覺像的書。」

「是嗎？」

川崎只是簡短應了聲，我們又默默翻起繪本。

花了好一段時間翻完全部的繪本後，至少我記憶中的繪本並不存在於這家店。

「抱歉，川崎。」

「沒關係，可能只是這家書店沒有，你不必道歉。能看到這麼多繪本的機會應該不常有，還滿愉快的。」

這句話聽起來像在安慰我，害我良心不安。我看過的書裡面也有好幾部以「生命」為主題的作品，大可從中挑一本，不過真的這樣就行了嗎？

我思考著。當時給小町看的繪本。記得她因為畫技不太好的關係，笑過裡面的畫。

當時的記憶。小町專注地在客廳看那本繪本。

沒錯。她之所以那麼專注，原因在於……主角是名為「小町」的少女。自己的境遇和同名少女一樣，導致她深深為那部作品著迷。

思及此，我覺得不太對勁。

「未免太巧了吧？」

「怎麼了？」

川崎盯著陷入沉思的我。

「我記得那本繪本的主角叫小町，內容是她養的寵物死掉了。可是這樣未免和小町的境遇太相似，有這麼剛好？」

果然是我捏造的往事嗎？

「……說不定。」

川崎喃喃說道。

「說不定那本繪本根本不存在。」

「咦？」

我無法理解她的意思，面露疑惑。

「川崎，妳在說什麼啊。它不存在的話，我怎麼會記得有那本繪本？」

「我不是那個意思，也許書店沒有，但你們家有。」

聽她這麼說，我也恍然大悟。

「……原來如此。**原創繪本**嗎？」

「對。可能是你爸媽為了安慰難過的女兒自己畫的。」

經她這麼一說，也能解釋小町為何邊看邊笑畫得很爛。爸媽應該不算擅長畫畫，搞不好他們畫得很奇怪。

「如果結論是這樣，那我更對不起妳了。」

「為什麼？」

「好不容易想到的禮物，結果市面上根本買不到。表示我們又回到起點了吧。不過妳覺得送繪本沒問題的話，我是有很多本想給京京看。」

我抽出好幾本覺得不錯的繪本，想遞給川崎，川崎卻伸手表示拒絕。

「沒關係。我反而要感謝你告訴我正確答案。」

「正確答案？」

川崎看起來神清氣爽。

我從她的表情推出一個可能性。

「難道妳要——」

「嗯，沒錯。我要自己畫繪本。」

「妳在說什麼啊，川崎。」

雖說我早已猜到這個答案，還是嚇了一跳。

「妳講得那麼簡單，繪本可不好畫喔。」

「這點小事我知道。但我想藉由自己的雙手告訴京京。因為我昨天沒能告訴她。」

略帶憂鬱的表情，明確傳達出她的後悔。昨天那樣回應妹妹的後悔。覺得自己很渺小的後悔。

那本繪本，是禮物也是贖罪吧。

「我認為那只是妳自我滿足的行為，這樣好嗎？」

我嚴肅地說。假如川崎只是想為自己贖罪，那就沒意義了。

「……我覺得由我親自告訴她是有意義的。」

川崎對我投以不安卻銳利的目光。

「儘管很不甘心，你說得沒錯，這或許是我自我滿足的行為。就算這樣，我還是想用自己的話告訴京京。那樣最能傳達給她……我相信自己。」

「原來如此。不是自我滿足，而是信賴的意思。瞭解。」

我將手中的繪本放回書架上，走向書店出口。

「等等。」

川崎的聲音使我停下腳步。

「你覺得我的理由……很爛嗎？」

轉頭一看，她帶著有點怯懦的表情凝視我。我吐出一口氣。

「不是啦。一樓不是有手創館？得去那邊買東西吧。用來畫繪本的紙筆之類的。」

川崎愣了下，然後揚起嘴角。

「是啊。」

我們一同離開書店。

之後，我們買完東西便原地解散。

快考試了，她應該還得回家念書。這麼忙還得畫繪本，挺辛苦的，但我只有叫她加油，還有感謝她陪我選母親節禮物。

回到家的時候，小町在客廳耍廢。

「哥哥，你回來啦——咦，你拿著的是要給在家乖乖等哥哥回來的小町的土產嗎——？」

「可惜不是。是母親節禮物。」

「哦——哥哥終於踏出了第一步！這樣離你獨立還剩一萬九千步。」

「那還很遙遠呢。」

「哥哥買了什麼？」

小町直盯著我手中的紙袋，大概是對我的禮物很好奇。

「紅茶禮盒。沒什麼特別的。」

「喔——不像哥哥會買的禮物。是你自己挑的嗎？」

「……不是，跟認識的人一起挑的。」

本以為小町會說「小町明明叫你自己選！」她卻興奮得兩眼發光。

「咦？跟誰一起去的？雪乃姊姊？還是結衣姊姊？」
「都不是。」
「咦？那到底是誰!?」
「川崎沙希。妳也見過她吧。」
「啊——大志的姊姊。」
大志？聽見不想聽的名詞，哥哥我心情不太好喔。
「她也想叫我陪她買東西，這一點我們利害一致。」
「這樣啊。」
這時，我想起繪本那件事。對喔，直接問小町就能知道答案了吧？
「小町。」
「什麼事？」
我做了一次深呼吸。
「……學校生活開心嗎？」
「幹麼突然問這個？當然開心呀。因為是小町嘛。」
「這樣啊。」
結果我還是決定不去問繪本的事。說不定是我和川崎推理錯誤。繪本不是爸媽親手畫的，只是那家書店沒賣。

可是這樣有什麼不好？結論不是正確答案也無妨。既然如此，真相永遠待在薛丁格的貓箱裡就行了。

◆◆◆

買完禮物的兩天後。

我準備放學回家時，感覺到一股異常的殺氣。回頭望向教室後方，川崎把手靠在門上，招手叫我過去。

誰來看都會覺得她要把我叫去揍。川崎本來就因為氣質的關係遭到誤會了，為何連叫人都要選擇容易引起誤會的手段？我邊想邊走向川崎。

「川崎同學，請問妳找我有什麼事？」

「來一下。」

川崎抬起下巴指向走廊底端，快步朝那邊走過去。川崎同學，我們班的人正在議論紛紛喔。為什麼搞得像要教訓我一樣。

我跟著川崎走出校舍，移動到校舍後面。咦。真的要被揍了？大危機？

「川崎，我做錯了什麼嗎？恐怕是妳誤會了。別揍臉，至少打身體就好。不對，身體也不要打。」

「你在說什麼？」

「咦？妳不是要揍我嗎？」

「莫名其妙。拿去。」

川崎遞給我一疊紙。拿起來一看，好像是繪本的草稿。

「你看一下。」

「是可以……不過別把我叫到這種地方啦。」

「那、那是因為！……要把這種東西給人看，很難為情。」

川崎看起來有點害臊，我在覺得她可愛的同時，腦中閃過「被當成戲劇性的不良少女就沒問題嗎」這個疑問，算了，本人不介意就沒關係吧。

「總之我想聽聽你的感想。」

「好。」

我看起那篇草稿。

內容如下。

主角京華疼愛的金魚梅莉死掉了。京華哭了出來。然後把金魚埋進土裡。每天她都想著梅莉看著那堆土，過沒多久，一株新芽從那裡冒出來，長成一棵樹。京華在那棵樹上感覺到金魚梅莉的生命。樹愈長愈高，冬天來臨。京華為那棵樹加上各種裝飾，最後大喊：

「聖誕快樂！」

「怎、怎麼樣？」

川崎提心吊膽地詢問。

「嗯，不錯啊。」

「真的？」

草稿是手繪的，上面留有塗塗抹抹的痕跡，感覺得出製作過程中真的有考慮到妹妹的心情。

而且，從她臉上的黑眼圈來看，八成是熬夜想出來的。

「我想表達的意思，不知道能不能順利傳達給京京。」

「放心，一定可以。」

「太好了。」

川崎鬆了口氣，整個人的感覺跟剛才會被誤認成不良少女的她截然不同。雖然這說法很幼稚，我不禁覺得為他人付出的行為竟是如此可貴。

「剩下把圖畫好就完成了。」

「這樣啊。加油。妳妹一定也會很高興。要在生日那天送給她對吧？」

「對。所以我等等要努力畫完，回家準備慶生會。」

「原來如此。很多事要做耶，加油——」

我的話只講到一半。

「等一下。妳說什麼？」

「咦？我等等要努力畫完，回家準備慶生會。」

「喂！難道妳妹的生日——」

「嗯，是今天。」

出乎意料的回答害我一陣暈眩。沒想到是今天。望向時鐘，已經四點四十分了。時間所剩無幾。

「妳的意思是，妳等等要把這本繪本畫完？」

「對。」

「不管妳畫得再快，至少也要花上三小時，不對，四小時喔。」

「可是京京的生日是今天……不在今天送給她就沒意義了。」

話雖如此，做這麼費時的事真的好嗎？再說，這對看起來睡眠不足的川崎而言是頗大的負擔吧。

而且這麼晚才辦慶生會，也會給京京造成負擔吧？

「為什麼非——」

為什麼非今天不可？開口的瞬間，我想起川崎在購物中心說的那句話。

『一想到京京這個時候也還在難過，我就覺得鬱悶。』

是嗎？妳不僅想為妹妹慶生，也想為妹妹排解內心的不安嗎？是嗎？是吧。

我搔了下頭，望向川崎。

「妳想在今天把禮物送出去對吧。」

「對。」

「……我知道了。但我不能讓妳一個人負責。」

我用手機搜尋「繪本　分工制」，將搜尋結果亮給川崎看。

「妳看。」

「這本繪本……每頁都是不同人畫的？」

「嗯。最近的繪本也會像這樣分工合作。重要的頁數由妳負責，我模仿妳的畫風畫其他部分。這樣時間應該能縮短成一半。」

「！那樣確實能幫我一個大忙，可是我不能讓你做這麼多。」

「沒關係啦。妳讓我重新體會到為家人著想的心有多重要，這點小事就讓我幫忙吧。而且，妳以為我是誰？」

我笑著把手放在胸膛。

「我可是侍奉社的比企谷八幡。」

◆ ◆ ◆

「謝謝——拜拜——」

京華喜孜孜地揮著手，我在她的目送下離開川崎家。川崎走在我旁邊。

「真的可以不用送我。妳昨天沒睡吧，在家好好休息啦。」

「一小段路而已，有什麼關係。」

我們並肩而行。夜晚的街道一片靜寂，腳步聲聽起來特別明顯。

「慶生會辦得很成功。」

「是啊。京京也很開心，太好了。」

我們和看到蛋糕，興奮不已的京華一起唱生日快樂歌，為慶生會揭開序幕。然後享用川崎親手做的大餐，再吃蛋糕當飯後甜點。京華吃得嘴巴旁邊都是鮮奶油，川崎溫柔地看著她，令我印象深刻。

「對了，母親節禮物你送出去了嗎？」

「還沒。今天回家會送。」

「這樣啊。不用說是我挑的。你一個人挑的，你媽一定會比較開心。」

「是嗎……」

之後是一陣沉默。

「送我到這邊就好。女生一個人走夜路也很危險。」

「……我想正式向你道謝。」

川崎停下腳步，對我微微鞠躬。

「謝謝。老實說，我沒想到會花那麼多時間。」

「別這樣。而且我也有計算錯誤。」

我們雖然趕工把繪本畫完了，由於我沒把討論人設的時間也算進去，花的時間比想像中還多。

不過親眼看到京華高興地閱讀繪本，我深深覺得能在今天送給她真的太好了。京華一定也是誠心感到喜悅，因為她得到了世上僅有一本的繪本。

證據就是送我離開時，她還一隻手抱著繪本。

「妳把姊姊能做的事都做了吧？我覺得妳很偉大。」

「那就好。因為大志和京京都是我重要的家人。」

我想到川崎之前還為了弟弟跑去打工。這傢伙真的很努力，但她的行為舉止太容易招人誤解，很難得到正面評價。

是個笨拙的人。跟我同等級。

「妳弟和妳妹一定也很重視妳。」

我把手放到川崎頭上。動作跟摸小町頭的時候一樣自然，可是我馬上就後悔了。糟糕。她八成會罵一連串「少瞧不起我」之類的話。搞砸啦——

我閉上眼睛，卻沒有被罵，時間靜靜流逝而去。我害怕地睜開眼，眼前是稍微低著頭，臉頰泛紅的川崎。

「那、那個——川崎同學？」

我一出聲她便回過神來，甩開我的手。

「……我回去了！」

然後拋下這句話，朝她家的方向飛奔而出。我看著她的背影，不知道川崎剛剛的沉默是什麼意思。

接著是結尾。

在那之後，我回家把禮物送給媽媽。

她很開心，問我是不是自己挑的。

這時，我想起在川崎家的慶生會上的對話。

「這是姊姊自己畫的嗎？」

「不是，是姊姊跟這個八幡哥哥一起畫的。」

川崎這樣回答。

我告訴媽媽，是我值得信賴的朋友幫我挑的。

媽媽非常高興。

高興我是和值得信賴的朋友一起挑的。

我覺得可以理解，又好像不能理解。

不過，看見收到禮物的對象喜歡那個禮物，心情果然會很好。

之後川崎傳了封簡訊來。

『對了，大志的生日也快到了，這次我一樣想送繪本。』

我決定無視那封簡訊。

完

然而，那句話的言外之意另有深意。

渡航

——這是最後一次在這間社辦看見櫻花了吧。

我看著窗外的景色，沒有將這句話說出口，只是默默心想。

四月已經進入下旬，薰風送暖的季節將近。

盛放的櫻花如同雪花般紛紛散落，取而代之的是青翠的嫩葉探出臉來。儘管有幾朵花還留在枝頭，已經可以稱之為葉櫻了。

帶著淡粉色的白色花瓣，彷彿要彰顯曾經綻放過的事實及時間的流逝，被人掃起來堆在中庭一角，無處可去。

恍若殘雪。

想到明年無法看到這幅景色就有點寂寞，我發現不知不覺間，待在這間社辦對我來說成了十分理所當然的事。

然而，那句話的言外之意另有深意。

新侍奉社剛上路的時候，我雖然會感到無所適從和異樣感，隨著日子一天天過去也習慣得差不多了。

身穿總武高中制服的我妹——比企谷小町哼著歌整理桌面的模樣，也已經司空見慣。但我到現在還沒看膩，我妹是不是太可愛了？甚至可以看一輩子。

不過就看不膩這一點來說，其他社員亦然。

雪之下雪乃以俐落的手勢沖泡紅茶，動作變得更加熟練，多了幾分優雅。

「請用。」

她微笑著遞出馬克杯，給人的感覺比以前溫柔，導致那抹微笑的破壞力也隨之提升。可是偶爾也會有比以前恐怖的瞬間，某種意義上來說反而是正負相抵。

「啊，謝謝——！」

由比濱結衣接過紅茶，語氣比以前更有精神，燦爛的笑容變得更加耀眼。

「……我也帶了一些過來。」

可是，她從書包旁邊的紙袋偷偷拿出東西給雪之下的動作卻透出一絲高雅的氣質，散發不久前感覺不到的神祕感。

而坐在兩人對面撐著頰看手機的人，是非社員卻不知為何待在社辦的一色伊呂波。

一如往常，卻又有點不同。

每一天的變化太過細微，很容易忽略、忽視、無視其中的差異。想見證一切僅僅是永無止境的夢，即使如此，還是會忍不住想守望這段終將消逝的時間。

……是說，伊呂波真的跟以前一模一樣耶！一點都沒變。反而令人安心。妳為什麼在這啊？最近妳是不是一直待在這？好吧，也不是不行。不過學生會和足球社那邊沒問題嗎……

我既擔心又懷疑地注視她，一色發現我在看她，往我這邊瞥過來。

她在和我四目相交的同時揚起嘴角，微微歪頭。微捲的亞麻色髮絲瞬間往旁邊垂落，掛在她嘴邊。一色慢慢用手撥開頭髮，用嘴型問我「怎麼了嗎？」。

勾勒出平緩弧線的雪白喉嚨、由下而上的視線，以及無聲的呢喃。

像在講悄悄話似的，害我覺得自己在做見不得人的事。分不清是罪惡感還是悖德感的感覺使我背脊發麻。

我以細微的動作搖頭表示沒什麼，以驅散這種感覺。

看我沒有說話，一色笑出聲來，輕輕點頭。

無聲的交流導致那股酥麻感又快要竄上背脊，我抖了一下。

「比企谷同學。」

雪之下忽然叫我，嚇得我抬頭挺胸。

「咦，啊，是。」

我的語氣異常拘謹，彷彿在問「請、請問您有何吩咐！」。

看見我這個反應，雪之下面露疑惑。她納悶地瞇起眼睛，眼神卻逐漸轉為柔和。像在說「真是個怪人……啊，你本來就很奇怪」似的，點了下頭，擅自下達結論，將茶杯遞給我。

「我泡了紅茶。」

「喔、喔……謝謝。」

我恭敬地接過紅茶，偷偷吁出一口氣。眼角餘光瞥見一色露出討厭的奸笑。

為何……我什麼事都沒做錯，為何這麼累……

總之先喘口氣再說。我拿起茶杯。

溫度適中的紅茶通過喉嚨滲透體內，馥郁的香氣撲鼻而來。嗯，心情好平靜……

這間社辦果然跟紅茶的香味很搭……我悠哉地心想，聞到一股不同的香味。動了下鼻子，是清爽新鮮的甘甜香氣。

這是什麼……我搜索著香味的來源，最後抵達桌上。

放在紙盤上的是疑似蘋果派的甜點。每當雪之下仔細地把派分切成一塊又一塊，就會散發出更濃的香味。

「哇，這是什麼？自己做的嗎？」

小町樂得拍手，興奮不已。經她這麼一說，那個派確實有點樸素，不太美觀。但那樣反而營造出強烈的手作感，給人溫暖的印象。

雪之下微笑著為小町解答。

「嗯，好像是。」

「好像……？咦……」

有點神祕的說法令小町歪過頭，我也跟著歪頭。接著，微微傾斜的視線範圍的邊緣，有個人提心吊膽地稍稍舉起手。那隻手伸向頭上的丸子。

「……算、算我做的啦。」

由比濱摸著丸子頭，害羞地說道。我發出略帶驚訝的聲音，小町「哦……」好奇地眯細眼睛。一色則「是喔——」用對此毫無興趣的語氣極其隨便地應聲。

「總之，開動吧。」

雪之下面帶平靜的笑容，迅速擺好餐具，進入試吃階段……

我們配著紅茶，各自拿起叉子。

由比濱緊張地看著，最先發表感想的是一色。她邊吃邊感嘆。

「滿好吃的耶？」

「嗯，對呀……真的很好吃。」

雪之下接著點頭贊同，閉上眼睛仔細品嘗滋味。她點頭的力道之重，彷彿連單純的味覺以外的部分都在享受。

旁邊有個同樣在用力點頭的人。

小町每吃一口就沉吟一聲，端起盤子從各個角度觀察它的外觀。

「軟趴趴的外表乍看之下有點醜，也感覺得出味道沒有融合在一起，不過這也是手作甜點的樂趣……就算把剛烤好的香氣和酥脆的派皮也考慮進去，還是有點太甜，不過……」

她大口吃著派，一面碎碎念發表高見，把派吃完後靜靜閉上眼睛。

社辦鴉雀無聲。

氣氛莫名緊張，由比濱吞了口口水，等待小町繼續說下去。

靜謐的時間流逝而去，半點聲音都沒有。

只聽得見一色鄙視地說「這傢伙在講什麼鬼話……」。

一色剛說完，小町就突然睜開眼睛。

「對於喜歡吃甜食的人而言，這樣的甜度反而剛剛好……！及格！及格！」

「萬歲——！」

小町豎起大拇指，由比濱緊緊抱住她，兩人接著擊掌。雪之下見狀，滿足地微笑。

「由比濱同學，妳真的有進步。這進步的幅度跟以前判若兩人。」

「不過，我還是跟媽媽一起做的啦。嘿嘿嘿……」

由比濱害羞地梳著丸子頭。

「所以，我想……味道應該沒問題……」

她邊說邊偷看我。

原來如此，是跟比濱媽媽一起做的嗎？那她就不會亂改食譜或加入嶄新的調味料了吧。更重要的是，小町和雪之下都說好吃了。可以放心送入口中。

「我開動了……」

我拿起叉子，吃了一口派。

香酥的派皮瞬間在口中碎開，新鮮的桃子香氣及濃郁的甜味緊接著擴散開來。

還以為是蘋果派，實際一吃竟然是水蜜桃派。新鮮又驚訝的心情，導致誠實的感想脫口而出。

「……好吃。」

「真的嗎!?」

由比濱激動地回問。我又叉了一塊水蜜桃派吃，以代替回答，點頭給她看。

嗯，真的好吃。難怪雪之下會滿意地點頭，吃得心滿意足。

光論味道和做為甜點的外觀，恐怕比不過外面的店家。

然而，她至今以來的努力及過往的事件，讓這塊水蜜桃派變得美味好幾十倍。

她之前可是連簡單的餅乾都做不好，無視食譜，加入一堆獨創做法和配料呢……

這個水蜜桃派八成比餅乾還難做。用桃子做的派不太常見，做的人應該也得費一番苦心。而那個不擅長烹飪的比濱同學竟然做出來了……

光想到就感動萬分，吃水蜜桃派的手卻停不下來，一口接一口。由比濱認真凝視著我。

或許是基於滿足感吧，吃完那塊派後我喝了口紅茶，下意識咕噥道：

「雖然這樣講很奇怪，真的好吃……哎呀真的很厲害……」

「你誇得太過頭了啦。」

由比濱狂拍我的肩膀以掩飾害羞。我被她拍得上半身晃來晃去，她的動作卻突然停住。

「不過，太好了……我會再做的。」

這次她沒有摸丸子頭，而是把手放在胸前，低聲說道。語氣雖然充滿稚氣，她的微笑卻顯得比平常成熟許多，既甜美又苦澀，使我一陣暈眩。看來我因為散發淡淡酒香的蘭姆酒而醉了。

雖然知道酒精早已揮發，我還是拿起茶杯，喝了口紅茶醒酒。閉上眼睛讓自己恢復鎮定。

這時，黑暗中冒出一句呢喃。

「我要不要也來做呢……」

不曉得是因為紅茶中的咖啡因使我恢復清醒，還是因為聽見像在鬧脾氣的稚嫩聲音，我猛然睜開雙眼。轉頭一看，雪之下默默移開視線，噘著嘴巴，無所事事地撥弄黑色長髮的髮尾。

但那也只有一瞬間，她立刻抬頭，露出跟平常一樣從容不迫的笑容。

「茶點經常是由比濱同學幫忙準備的。下次讓我來吧。」

「沒關係沒關係！我來做就好！總是讓小雪乃泡紅茶，我會不好意思啦。而且，看你們吃得開心，我也很高興……我想做給大家吃。」

由比濱笑著梳理丸子頭，雪之下撥掉垂在肩上的髮絲。

「不，紅茶泡起來並不費事，手作就該以手作回報。既然如此，我也用手作點心回禮才合理吧？」

「不用在意什麼回禮呀。不如說，我也想好好回報小雪乃。」

雪之下和由比濱相視而笑。

哎呀，多麼和平的氣氛。女生互送手作點心真不錯。好溫馨的畫面。

……然而，為何伊呂波帶著討厭的奸笑扯我袖子呢。妳興奮地拉著我的袖子，湊到我耳邊講悄悄話，我很困擾喔。

「學長，要不要我幫你翻譯這段對話？」

「不需要。別小看我，我可是女生語檢定三級。」

「那什麼檢定呀……」

我隨口胡扯，一色用發自內心傻眼的眼神看著我。小町迅速加入對話。

「小町來負責說明！女生語檢定是指女生特有的帶有深意的話，也就是女生語的檢定……嗯——類似英檢。女生語檢定三級的話，差不多能理解國三等級的女生語，好像啦。」

小町起初還講得頗起勁的，結尾卻隨便到不行，大概是嫌麻煩。可是一色也打從一開始就沒有認真聽的意思，並未受到任何傷害。

「真沒用的技能……是說學長和小米平時都在聊這些嗎？你們感情真好。有點噁心就是了。」

「噁、噁心……小、小町覺得不噁心呀……小町只是在陪哥哥玩而已……」

時速一百六十公里的超直接嘲諷，令小町受到打擊。哈哈哈，小町，妳還得多加修行喔。伊呂波的噁心是那個啦，不是愛情的另一種表現或傲嬌或掩飾害羞的方式，而是在真的覺得很噁的時候才會說。所以最好表現得更受打擊一點，像我這樣。

……………是喔——原來伊呂波覺得我很噁。雖然我早就知道了，還是有點受傷耶。

兄妹倆一同受到打擊，一色又補了一刀。

「呃——陪學長玩不是正常人會做的事吧。再說，那東西要由誰負責檢定……」

「當然是小町。」

「拿小米當標準喔——絕對派不上用場。」

「妳說什麼!?小町很厲害！女子力很高！會講女生語！哀砍斯必克女生語！」

「妳連日文都講不好了……所以學長對女生語的理解，是以小米為基準對吧——？」

一色歪頭詢問，我點頭回答。

「嗯，對啊。」

「業死業死。」

小町用根本是日文發音的破英文附和。一色抱著胳膊陷入沉思。經過短暫的思考，她抬起臉來。

「……學長的性癖之所以那麼扭曲，是小米害的吧？」

「怎麼扯到性癖去了……並不扭曲好嗎！很正常啊？」

總覺得她毫不掩飾地對我講了頗失禮的話，我立即否認。可是，坐在我斜前方的小町好像想到了什麼，垂下肩膀陷入消沉。

「嗚嗚……這個……小町可能無法否認……」

騙人的吧，我的性癖很扭曲嗎？真的假的？

是說，這兩個人都一副熟知我性癖的樣子，害我有點害怕，不如說全身顫抖……有點興奮呢。嗯——沒錯。我的性癖真的很扭曲。

在我自省的期間，雪之下和由比濱的女生語應酬仍在持續。

她們一個說「我來做」，一個說「我做就好啦」，互不相讓。

這樣下去，顯然不會有結果。

不過一直進行無意義的爭論也沒意義。兩人似乎也明白這一點，吁出一口氣，紛紛端起茶杯喝紅茶，回到起點。

「總之……來決定下次的茶點要由誰做吧。」

「嗯，要怎麼決定呢？」

語畢，她們同時瞄向我。

咦，要由我決定嗎……？

等一下。這個狀況腸胃自不用說，對頭皮也會帶來相當大的負擔喔～我最近才覺得頭頂的髮量是不是有點少。我快禿頭囉我說真的。

但我可不能隨便講出敷衍的理由。

不管我的頭皮會受到多少傷害，我的頭會變得多禿都沒關係。對我這個毛囊殺手來說，髮旋乃身外之物。

我輕啜一口紅茶，懷著「我們沒有修羅場」（註17）的精神，將自己所想得到的說法通通祭出來，不是隨口胡謅，而是全神貫注拚盡全力地唬弄過去。

「嗯——好吃。太好吃了。風在對我訴說……跟溫度降到方便入口的紅茶根本是絕配……對怕燙愛吃甜的人來說是最棒的組合……派和紅茶攜手譜出的樂章襯托出彼此的滋味，又互相調和……但願人與人之間的關係也是如此……」

「又在胡扯了……」

一色徹底傻眼，露出鄙視的表情，我無視她凝望遠方，裝得感慨萬分，緊盯著小町。

位於我視線前方的小町晃了下呆毛，馬上做出反應。不愧是世界之妹！反應好快！很快喔小町！小町大口吃派，拿起紅茶喝，然後放聲大哭。

「怎麼會有這種東西……怎麼會……沒吃過這麼美味的紅茶和派……比起來，伊呂波學姊根本不值一提……」（註18）

「啥？咦？啊？小米妳說什麼？」

一色狠狠瞪向跟京極萬太郎一樣感動得聲音打顫、淚流滿面的小町。其目光之

註17　惡搞自美國電影《我倆沒有明天》。

註18　惡搞自漫畫《美味大挑戰》中京極萬太郎吃到海原雄山的香魚料理時所說的臺詞。

銳利，彷彿在說「要不要老娘現在就把妳篩成大小相同的米粒拿去電鍋裡煮啊」。實際上，聽說大小相同的米粒煮成的飯比較好吃。美味大挑戰無論何時都是正確的。我很清楚。

大概是被小町和一色演的鬧劇搞到無言了，雪之下和由比濱瞬間全身無力。

「……那就一起做吧。」

「嗯！要不要找一天來我家？」

「好呀。什麼時候方便？」

兩人露出柔和的微笑，把椅子拉近對方，討論起今後的計畫。

嗯，多美的友情。

這樣就告一段落了……吉宗如此心想。（註19）

我擅自覺得這起事件已經落幕，卻有一個人看起來完全無法接受。

「……哼——我也很擅長做點心啊，我也會做菜啊。」

一色鼓起臉頰，雙腿踢來踢去表示不滿。事實上，她在情人節的時候的確順利做出了巧克力，應該有一定的自信吧。說她根本不值一提未免太可憐。我才剛想著要幫她說話，小町又迅速插嘴。

註19 時代劇《暴坊將軍》中，總會以「吉宗如此心想」這句旁白作為每一集的結尾。

「哎唷，料理是愛情的表現。只要有愛就 Love is OK！反過來說，沒愛就是垃圾啦，垃圾。不如說那根本不叫料理，只能叫飼料。」

「唉——出現了，精神論。感覺是學長會說的話，讓人超火大……算了，你們兩個那麼像，這也沒辦法。」

「並不像。」

一色不滿地吐了口氣，小町也哼了聲。

兩人幾乎在同一時間別過臉。

嗯——小町妹妹真頑固……是說照她這個說法，伊呂波不是無時無刻都在被我講的話惹火嗎？對不起喔？

一色無視於內心道歉的我，面露疑惑。

「對了，小米會做菜嗎？」

「小町做的菜超級好吃喔。她平常就會做家事，還會幫忙做我的份。」

「咦，真的？」

她略顯驚訝地回過頭，小町並未因此得意忘形，只是表現出十分理所當然的態度，點點頭。

「嗯，對啊。與其說做菜，小町挺擅長做哥哥的飼料。」

「沒有愛啊……」

Love is over……雖然也曾悲戚，別再提起這個話題了（註20）。好，停停停。我告訴自己男兒有淚不輕彈，將視線從小町和一色身上移開。

眼前的雪之下和由比濱正在調整詳細行程。

「我下個月開始要回公寓住，到時再做也行。」

「這樣呀！那我每天都過去！」

「那、那個，每天有點……」

由比濱激動得探出身子，雪之下則往後拉開距離。不過，由比濱依然繼續靠向前。

「因為我會擔心嘛！」

「咦，擔心？……咦？擔、擔心什麼？」

看到由比濱面帶微笑，雪之下顯得不知所措。平常目光慧黠、炯炯有神的雙眼，現在視線卻在左右游移。

妳的眼神未免太飄了吧……在我擔心之時，有人從旁拽了下我的手臂。

我把身體靠過去，一色馬上湊過來跟我講悄悄話。

「學長，要不要我幫你翻譯這段對話？」

註20 歐陽菲菲《逝去的愛》的歌詞。

「不，不用。不如說拜託不要好嗎？」

就算她幫我翻譯，以我的女生語能力也無法判斷是否正確。女生語太深奧了。想鑽研英文的話有英英字典可以看，差不多該出本女女字典了吧。女生語真的好難。

為了出國學習這門語言，看來我最好回家洗個澡睡一覺。吃晚餐的時候順便請小町來個一對一教學吧。沒錯，就這麼辦。

好，回家……我準備站起來，一色卻仍舊抓著我的袖子，所以我動彈不得……甩掉人家的手也不太好。才剛這麼想。

她忽然放手，接著從制服外套的口袋拿出手機，深深嘆息。表情莫名憂鬱，令我有些在意。

「怎麼了？」

一色只是搖頭微笑，彷彿看開了什麼。

「我該回去囉。」

「喔、喔。」

一色迅速起身。在我納悶「這人到底來幹麼的……」之時，一色於離開前呼喚雪之下。

「啊，雪乃學姊。」

「什、什麼事！」

被由比濱纏著的雪之下一副找到救星的態度光速回問。從來沒看過如此敏捷的小雪乃……

「可以請妳給我聯合舞會的整份資料嗎？」

「嗯、嗯，是可以……」

雪之下有點困惑，話只講到一半，但下半句話不用問也知道。面對「妳要拿來做什麼」的言外之意，一色搶先回答。

「我想說如果以後也要辦聯合舞會，由學生會管理那些資料比較好。」

「說得也是。」

那場聯合舞會表面上本來就是我們幾個自願辦的。當然也有藉助包含一色在內的學生會成員的力量，不過主辦方是我們幾個自願者和海濱綜合的玉繩他們。原本只是僅此一次的企劃，若要改成固定活動，最好給學生會管理。

「……是啊。那妳先把這份資料拿去。」

雪之下想了一下，遞出從櫃子裡拿出的資料夾。

「我這一、兩天會整理好細部資料，可以嗎？」

「啊，細部資料不急，看學姊什麼時候方便。只要有個概要就行。」

「是嗎？不過反正都要整理，我現在有空，會盡快弄完的。」

話才剛說完，雪之下就迅速整理好桌面，拿出文件放到桌上。挺直背脊，打起幹勁的模樣，看不出是不久前還被由比濱逼到手足無措的人。兩者都很符合雪之下的形象，一樣讚。嗯，讚……（這感想彷彿萌到不會講話的宅宅）。

「我也來幫忙。」

由比濱也一手拿著計算機，俐落地區分文件。小町對立刻開始處理工作的兩人投以感動的目光。

「喔喔，舞會……真不錯……拿這種活動當工作，真有侍奉社的味道。」

一色聽了微微彎下腰，把臉湊到我的肩頭。

「學長害小米對侍奉社的印象崩壞了啦。」

「咦咦……是我害的嗎……」

由於她突然靠那麼近，我反射性身體後仰，清嗓子以掩飾過去，瞥向小町。

「小町，這種活動原本是學生會的工作喔。我們頂多算承包商或外包人員。」

打個比方，就是動畫業界的「製作方」和「製作人」的差別——我本想舉出一般人也容易理解的例子說明，卻被一色的嘆息聲打斷。

「我們也不是只會辦活動啦……」

她的語氣分不清是疲憊還無奈，不知道想到什麼，以手抵著下巴想起事情。然後瞄了小町一眼，露出比平常更溫柔的微笑，散發些許的大姊姊氣質說：

「……有興趣的話，小米要不要來學生會辦公室看看？可以感受一下氣氛。」

「小町不去。不用了。」

我妹卻一秒回答，態度十分冷淡。她頻頻搖頭，還順便用手表示拒絕。妳剛才明明那麼感興趣……

「這傢伙是怎樣……小米真是個莫名其妙的人……」

「這部分有時超像自閉男的……」

一色一臉不悅，不只一色，由比濱也有點無言。甚至連我都有點無言。

「呃，可以去啊……妳不是對學生會的活動有興趣？」

「可是，小町還有侍奉社要顧……」

怎麼辦……小町輪流觀察我、一色、由比濱、雪之下的臉色。她好像有點猶豫。雪之下停下正在寫東西的手，用筆抵住臉頰微笑著說：

「這邊由我們負責就好，妳不用擔心。有人來諮詢煩惱的話我再通知妳。」

「是、是嗎？那、那就一下下……」

雪之下推了她一把，小町便雀躍地站起來。一色招手叫小町過去，把她推到走廊上，轉頭對我們說：

「那小米我就借走囉——☆」

她做作地舉手敬禮，還拋了個媚☆眼，關上社辦的門。

然而，在她離去前，門關上的瞬間，我好像看見一色露出奸笑。

× × ×

小町跟一色前往學生會辦公室後，過了一會兒。

很久沒有只剩下我們三個人的侍奉社，瀰漫紅茶及水蜜桃派的香氣，平靜的時間緩緩流逝。

由比濱愉快地敲著計算機，她的哼歌聲和雪之下寫字的聲音令人心曠神怡，與我整理文件時敲擊桌面的聲音形成和諧的合奏。

這時我的手機震動起來，產生了不協調音。

本以為是手機遊戲的通知，看向手機，是小町傳訊息給我。打開來一看，裡面只有簡短的一句話。

『救救小町……』

妳放心！（咚！）（註21）

我順從內心這股衝勁，一語不發地站起來。可能是因為太過突然，由比濱和雪之下嚇了一跳，氣氛頓時尷尬。

「怎、怎麼了……」

註21　惡搞自《航海王》裡魯夫與娜美的對話。

由比濱戰戰兢兢地問，我隨便回答了幾句便衝向門口。拉開社辦的門，側身回過頭。

「小町好像有點遇到危機。我去看看。」

她們錯愕地眨了兩、三下眼，立刻露出微笑。

「慢走。」

「慢走——！」

我聽著身後的溫暖送別詞，趕往學生會辦公室。

急得像要把四條原稿的死線扯斷般，於走廊上奔跑。寫不出半個字。

不久後，我抵達學生會辦公室，急忙敲了幾下門就用力打開。

要趕上……一定要趕上啊……

「小町！」

門發出響亮的聲音開啟，我看見小町坐在桌上的文件山後面。

她哭著在跟疑似文書作業的工作奮鬥。瀏海用髮夾夾起來，額頭上貼著退熱貼，旁邊還有一堆能量飲料，讓人看了心痛不已。

「不是……這不是小町心目中的侍奉社……也不是學生會……不該是這樣的……」

她像在下詛咒似地抱怨著，聽見開門聲，猛然抬頭。一和我四目相交，無神的雙眼就恢復光芒，同時泛起淚光。

「哥、哥哥……」

「什麼嘛，妳看起來很有精神啊。」

「哪裡……看得出小町有精神……那雙死魚眼，有存在的必要嗎？不需要了吧？」

她用超低的聲音唾罵。

但我親身經歷過，工作真的忙不過來的時候，不會只有這個程度。真的在趕死線時會忽然大叫，用後腦杓狂撞牆壁，趕不上死線時則會自暴自棄跑去睡覺。真的趕不上死線時已經是無的境界。無。連兩天沒吃飯都不會發現的無。虛無。

跟那些比起來妳還算有精神的啦！沒問題沒問題！累的時候看看比自己慘的人，打起幹勁吧？

我正準備隨便給幾句建議再閃人，背後瞬間傳來鎖門的聲音。

我驚訝地回過頭，眼前是面帶陰沉微笑的一色。

「呵呵呵，學長，就知道你會來……」

「一色……妳要做什麼……」

「只要把小米逼入絕境，她一定會跟你求救。這樣學長一定會來……因為學長拒絕不了小米的請求！」

一色宛如在譴責犯人的偵探，指向我斷言。

「妳的請求我也拒絕不了啊。」

「是、是嗎……這樣呀……」

她捲著臉頰旁邊的頭髮，彷彿不知道該把伸出來的手指往哪裡擺，迅速移開目光，喃喃自語。剛才的氣勢消失殆盡，反覆咕噥著「是嗎……」。然而，她突然靜止不動。

接著用水汪汪的大眼注視我。

「……是嗎？滿常拒絕的吧？」

被發現啦。可是伊呂波每次都會使出各種手段，所以我嘴上在抱怨，最後還是會幫忙。她把我教的「有事相求的小女生很可愛」拿出來付諸實行，我只能舉手投降。而這位學生正在威脅我，手上還握有妹質，無異於犯罪。

「用不著這麼做，只要妳跟我說，我會幫一些忙啦。雖然只是一些。」

「沒有啦，我想說……打擾你也不太好，至少給你一個藉口。」

萬一她之後又抓小町當妹質，我可應付不了，因此我稍微叮嚀了她一句，一色卻露出意味深長的微笑，把手放在臉頰上裝可愛。謝謝妳這麼貼心喔……

算了。不管怎樣，我不幫忙她就不會放走小町。

我拍了下小町的肩膀慰勞她。

「小町，妳很努力了。去那邊休息一下，看我工作吧。剩下交給我。」

「嗚嗚……麻煩了……剩下交給哥哥……」

我感慨地說，小町搖搖晃晃站起來，將位子讓給我。我才剛覺得她看起來好累，小町就伸了個大懶腰，撕下退熱貼，踏著小跳步走向一色自己帶來的冰箱。

「哥哥，你要喝什麼？這裡有好多種飲料。」

「……都可以。」

沒錯，只要小町有精神就好……即使這齣鬧劇的劇本是小町寫的，只要小町有精神就好……

我接過小町哼著歌拿給我的咖啡，大略看過堆在眼前的文件。

「所以，這是什麼工作？」

「仔細檢查今後的日程表和預計要辦的活動。之前那場舞會把計畫整個打亂了。」

一色邊回答邊坐到我旁邊，拿出剛才從雪之下手中接過的舞會資料。

「哦……」

關於舞會那件事，我們也給他們添了許多麻煩，幫忙善後反而是應該做的，但我還是有點不明白。

「其他學生會成員呢？」

舞會是非正規活動，由我們籌辦才合理，不過安排活動本來是學生會的工作。

現在卻看不見該做這些工作的人。

一色長嘆一口氣，指向學生會辦公室的角落。

副會長帶著祥和的笑容，幸福地坐在那裡。還有一名將黑色長髮綁成一束，垂在胸前的美少女。糟糕，我完全沒注意到他們。

「之前那家咖啡廳雖然也不錯，下次要不要去其他地方看看？我在新習志野發現一家超級澡堂，那裡的岩盤浴好像很不錯……」

「討厭，牧人你動不動就在講這個。就跟你說我會害羞啦。」

他們倆聊得有說有笑。喔，什麼？三溫暖？你們在聊三溫暖嗎？是那家對吧，新習志野的「湯～Neru」。那家不錯喔，岩盤浴有三種。我的心情躁動起來，想跟他們一起聊三溫暖，一色不悅的清嗓聲卻將我拉回現實世界。

「副會長和書記妹妹也有在工作，可是效率超級差……」

「原來如此……」

看來是因為那塊空間太閃太幸福，我下意識避免去看那邊。可是，他們好像也沉浸在兩人世界中，沒把我們放在眼裡。別小看工作喔給我滾去做事我說真的。唉這裡好歹是神聖的學生會辦公室，會長也在場喔。最近的年輕人真的不知道道德兩個字怎麼寫，人倫淪喪啊。不幹了不幹了解散！我說，真的別小看工作喔？去幹活好嗎？我如此心想，瞪著副會長，發現不太對勁。

「咦？書記妹妹？那人是書記妹妹嗎？」

一色點頭回答我的問題。

真的假的……我重新仔細觀察副會長旁邊的美少女。沒綁辮子，也沒戴眼鏡，但經她這麼一說確實有像。空耳時間（註22）到了。看來副會長培育了不起眼的女朋友。哇～好厲害。

一色無視佩服的我，碎碎念道：

「要交往也不是不行啦，但他們一發起花痴就派不上用場……還會害人不想待在學生會辦公室……」

「我想也是。」

「對呀。真的是一發起花痴就派不上用場。」

「對啊。為什麼說了兩次？」

這很重要嗎？感覺妳這句話帶有言外之意，我會很在意，所以請不要這樣。

然而，刻意追究感覺會自找麻煩，於是我攤開文件，轉移注意力。

好，專心工作專心工作！儘管因為親友價的關係沒薪水可領，既然已經答應，

註22　日本綜藝節目《塔摩利俱樂部》的其中一個單元，介紹觀眾將各種外國歌曲的歌詞聽成日文的投稿，來賓常給予「這麼說來確實有像」這個評價。

只能硬著頭皮上了。友情不會要求回報。雖然我不確定我跟一色是不是朋友，至少我是她的學長。

我先對照整年的活動排程和個別案件，揪出有問題的地方。

粗略看過資料後，看得出學生會的工作好像通通時間不足、預算不足。也有幾個無謂的活動和地雷案件。這種麻煩的案件只要有一個出問題，就會連帶影響其他部分。

「……總之先把地雷案件找出來吧。」

「喔……咦？只是找出來而已？有意義嗎？」

「嗯，光是把它們標記出來，就會輕鬆很多。」

話雖如此，小町跟一色都只是一臉納悶。呵呵呵，妳們社畜經驗還不夠喔。雖然我的社畜經驗也是零。應該是零才對啊……算了，先跟她們簡單說明一下。

「只要知道那個案件很雷，就能做好覺悟，或是徹底死心，心情會輕鬆許多吧。」

「什麼問題都沒解決……」

「嗯……精神狀態也很重要沒錯啦……」

一色無奈地垂下肩膀，小町露出參雜困惑的笑容。不對，像這樣幫案件分類，還能在實際工作時節省時間精力喔。本想隨便亂講，但我講出來應該也不會有說服力。因為我總是在極限狀態下工作……

然而，多虧我之前光速處理過好幾件時間超趕的工作，訓練出了找地雷案件的直覺。趕快來找吧～我，要成為踩地雷王！（註23）

我打起幹勁，立刻發現一個。

「下個月有球技大賽……」

「每年都會辦，必須先想好要比哪些項目呢。」

我煩惱地看著文件，一色從旁探出頭。忽然接近的亞麻色髮絲散發出一股花香，害我的身體反射性往後仰。一色則探出上半身拉近這段距離，指向文件角落的文字。

「這裡有列出選項，每種都需要在各方面做調整～超麻煩的。」

一色抱怨了一連串，由於她一下撥頭髮一下把手放在我肩上，老實說，我半個字都聽不進去。請不要碰我上臂！住手，制服互相摩擦會害我起雞皮疙瘩！沒有直接碰到反而更令人介意！

我將上半身往更後面的地方靠，把重心轉移到小町的方向。啊啊，小町的味道讓我平靜下來了……所以，不管小町探頭湊過來還是手碰到我，我都不會有任何感覺。小町也一副「這傢伙好礙事」的態度把我推開。

註23　惡搞自輕小說《我，要成為雙馬尾》。

「哦～還有這種活動呀。」

「舉辦時間在剛入學跟分班後，有部分也是要增進同學之間的情誼吧？」

「喔喔～」

一色對佩服得讚嘆出聲的小町，露出有點擺學姊架子的笑容。既然如此，我得擺出更大的學長架子。

「未必能增進情誼啦。搞不好會是高中生活最後一次參加的活動。」

她們對我投以「這傢伙在說什麼鬼話」的眼神。奇怪，我期待的是對前輩的尊敬啊……

我清了下喉嚨，決定繼續高談闊論。

「那段時期還沒建立穩固的人際關係，所以一旦出錯，之後的學校生活會過得很痛苦。這樣就得消去存在感，等待暑假來臨。」

新學期是每個人都雀躍不已的新鮮期，因此會忍不住想引人注目。在自我介紹時虛張聲勢、想搞笑結果把氣氛搞僵。像這樣因為新鮮感的關係出錯的話，別說打開夏天的大門，根本是挖掘通往夏天的隧道的等級。甚至嚴重到尋找再見的出口。

我隨便扯了一堆，兩人面色凝重地點頭。

「的確……」

「有經驗的人講出來的話就是不一樣……」

呵，還好啦。小學和國中都被瘋狂排擠，導致我已經是被排擠名人了。不對，我不會止步於名人，我要立志獨占七冠，首先以龍王的工作（註24）為目標。我得意洋洋，這次終於被當成前輩看待，她們的視線卻不帶絲毫敬意，甚至帶有憐憫的意味。奇怪……「人生的前輩」原來不只有正面意義呢！人生好難！我面對文件，以擺脫兩人的視線。

目前的選項有足球、籃球、壘球、排球、桌球、網球、橄欖球等等。大多都是我們學校有的社團。考慮到設備及道具，從裡面選應該比較適合。

「……還沒決定的話就網球吧。網球啦，網球。我想跟戶塚一起打網球，還想跟他一起做其他事。」

「太公私不分了吧……」

「妳沒資格說……」

妳也濫用職權辦過活動吧……本來是出於善意的提醒，一色卻一個字都沒聽進去，可能是耳朵被奈露莉割掉了（註25）。不僅如此，她還繼續抱怨。

「不過真的有耶，每次辦活動都想藉機和女生拉近距離的人。明明在那之前從來

註24　惡搞自以將棋為主題的輕小說《龍王的工作！》。「七冠」指的是職業棋士的七大頭銜。
註25　惡搞自輕小說《割耳奈露莉》，作者石川博品所寫的短篇也有收錄於本書中。

沒說過話，不如說都在等別人跟他搭話，有點可悲，卻只有慶功宴會拚命邀人去。他覺得大家吃過一次飯感情就會變好嗎？」

「……別說了一色，那句話對我有效。」

我沒實際經歷過這種事，但我絕對屬於那類型的人，因此精神受到很大的打擊。

「那個，伊呂波學姊，夠了……」

小町苦笑著撫摸我的背。大概是我太過可悲，一色也急忙用雙手的手指按住嘴唇。她維持那個姿勢歪頭裝可愛，彷彿在跟我道歉。我和小町看了紛紛露出笑容。拜其所賜，小町的語氣也變柔和了。

「沒關係，學姊知道就好。哥哥也知道自己是個超卒仔還會誤以為有機可乘，企圖衝一波的廢物，所以請妳以後不要太刺激他。」

「那個？為什麼妳又補了一刀？可以不要這樣嗎？哥哥不是瀕死的敵人喔？」

被小町講成廢物的打擊太大，害我腦中響起懸疑風的鋼琴旋律，還附帶受到打擊的「噹噹！」聲。

「哥哥，想打網球的話小町陪你打。之前大志約小町打網球，小町跟他說要約大家一起去！」

「……他只想約妳一個人吧？」

一色的語氣帶著些許同情，我卻沒心思管這些。

那個混帳東西，光是加入有戶塚在的網球社還不夠，竟然拿網球當藉口對我妹出手，好大的狗膽。光是過著垃圾與天使的網球社人生（註26）就不可饒恕了。小心我折斷你的手指，甚至連脖子我都折。

「好，我知道了。網球不行……再說人數太少，無法預測比賽時間。還有場地問題，不能同時舉辦多場比賽。」

「對呀……既然你知道就別提議了。」

我接收到一色鄙夷的目光。還不錯。託她的福，我進入狀態了。

「選大眾一點的球類運動就行了吧。足球、籃球、排球、桌球這種運動大家也都熟悉，應該不會有人有意見。問題在於比賽規則（Regulation）。」

「啊……這部分呀……」

一色不耐煩地嘆氣。

小町則點著頭咕噥道「Regulation 啊原來如此那什麼東西」，看過來用眼神叫我快點說明。沒問題，我的 LIL SISTER，交給我吧。

「打個比方，如果足球社社員在球技大賽的足球比賽上開無雙，會有種不公平的

註26　惡搞自輕小說《垃圾與天使的第二輪人生（クズと天使の二周目生活）》，作者天津向所寫的短篇也有收錄於本書中。

感覺吧。可是給他們加上奇怪的不利條件，又會有人有意見。所以主辦方需要制定這方面的規則。」

小町點點頭，一色煩惱地沉吟。

「不利條件，加了感覺會有人抗議耶～例如戶部學長……」

「規則就全丟給社長會去想。自己訂的規則總不會有意見吧。事實上，也不是凡事都能由學生會決定。」

可惜的是，只靠我們這些人，再怎麼努力都沒辦法連小事都顧到。要是有人在那邊吵「沒加入社團卻有加入俱樂部青年隊的人怎麼辦」這種瑣碎的細節，根本沒完沒了。想避免惹來抱怨的話，也可以改成不是以班級為單位參加，而是自由參加，但整理參賽者名單是件麻煩的工作。重點在於，這是以增進同學情誼為目的的學校活動，想改成自由參加應該有點難度。

談著談著，一色點了下頭。

「我去找葉山學長商量看看。」

「嗯。不如說在把工作扔給我之前，先去跟葉山商量啦，雖然我覺得就算妳去問他，他也只會回答『那是妳的工作吧。我能做的事情有限』。」

「超不像的！咦，你在模仿葉山學長嗎？咦，超不像的！」

我認為這超像葉山會說的話，一色的評價卻不怎麼好。不僅如此，還有種「你瞧不起人嗎？」的惱羞成怒感。

我被她嚇到，手自然而然伸向後頸抓頭髮。

「嘿——嘿——伊呂波～妳怎麼能這樣～哇咧——」

「啊，這個就很像，超像的，好好笑。」

這反應明顯參雜著嘲笑……

「……是、是嗎？我覺得不像耶。妳大概是對戶部太沒興趣，對那傢伙沒印象吧？」

「不會啦！好像喔！哥哥，對自己更有信心一點！」

方向錯誤的護航從小町口中傳出。

我憂鬱地看著豎起大拇指的小町，旁邊傳來疲憊的嘆息。轉頭一看，一色雙臂環胸呻吟著。

「怎麼了？」

「沒有啦，我在想去足球社有點麻煩……」

「哦……發生了什麼事嗎？」

若是平常，她早就衝去找葉山了……我有點擔心，就問了她一下，一色輕聲嘆息。

「……新加入的社員超煩的。一年級男生和女經理都一直來纏我。我不是學弟妹然而，那句話的言外之意另有深意。

不喜歡的類型嗎——？」

「啊——小町可以理解～學弟妹好像都滿不擅長跟伊呂波學姊相處的。」

「講反了啦。是我不擅長跟學弟妹相處。」

小町嘻嘻嘻地嘲笑她，一色扮了個鬼臉威嚇她。討厭啦，我學妹與妹妹的慘烈修羅場（註27）。

兩人互瞪了一會兒，一色突然嗤之以鼻。

「話說回來，我覺得學弟妹也不會多喜歡小米。」

「唔，沒禮貌！」

我點頭附和憤慨的小町。

沒錯沒錯，小町很會照顧人的。川什麼的同學的妹妹——京華也受過她的照顧，有可靠大姊姊的一面。我還沒幫她說話，小町就挺起胸膛補充。

「小町對其他人沒什麼興趣，所以是會把表面功夫做足的類型！」

「哈哈，這人好可怕。學長，這孩子有點可怕喔。」

一色指著小町跟我說，不用妳說我也知道啦。小町有待人冷漠的部分。不在乎的話只要做表面功夫給別人看就行了，她卻會展現冷漠的一面給一色看，真的很可

註27　惡搞自輕小說《我女友與青梅竹馬的慘烈修羅場》。

怕。可怕到我想不到詞彙可以形容。
我決定表現出認真工作的態度，以免被她們抓到我在暗自竊笑。
「球技大賽差不多就這樣吧。其他的是……」
在我翻閱文件時，門外傳來輕輕的敲門聲。一色應聲後，門無聲地打開。
「一色同學，剩下的舞會資料整理完了。」
「這是給你們吃的。」
拿著資料夾的雪之下和拎著紙袋的由比濱，走進學生會辦公室。
「明明不急卻搞得像在催妳一樣真對不起。謝謝學姊特地拿過來！」
一色走到門前，鞠躬接過資料夾和紙袋。
「不會，我本來就在想之後要來統整資料，剛好趁這個機會處理。」
「對對對，而且我們也會擔心小町。」
由比濱用力跟小町揮手，小町也揮手回應。這傢伙完全忘記是她自己跟我求救的……
「不好意思把事情搞得這麼大。謝謝兩位的幫忙。」
一色笑著低下頭，順手握住門把。雪之下和由比濱見狀，紛紛退後一步。
「嗯、嗯，那我先走了……」
「再見！」

離開前，兩人往我這邊看過來，我點頭回應。她們同樣點了下頭，門慢慢關上。

「人家都特地帶東西來給我們吃了，就邊吃邊繼續工作吧。」

一色走回來開始分水蜜桃派，小町也迅速動手泡咖啡。

這、這樣啊，不是先休息一下，而是繼續工作嗎……正常來說都會提議休息片刻不是嗎……我望向旁邊，一色正哼著歌翻閱文件。

「接下來是……學生大會吧～」

她吃著水蜜桃派翻開資料的瞬間，學生會辦公室的門再度響起。

「嗯——！」

嘴裡塞滿水蜜桃派的一色，用含糊不清的聲音回答。

門隨之開啟，理應已經離開的雪之下和由比濱從後面探出頭。

「……那個，不介意的話，我們也來幫忙吧？」

雪之下客氣地提議，由比濱在後面不停點頭。

一色急忙配茶把派吞下去，站起來飛奔到兩人面前低頭鞠躬，惶恐至極。

「不不不！這怎麼行不能讓考生做這種事！」

奇怪，我也是考生耶……咦？妳剛才是不是說了「這種事」？

我懷疑地看著一色，她剛好在雙手合十，膜拜那兩個人。

「不如說我想等有更難處理的工作時再拜託兩位所以今天真的不用了。我說真的忙不過來的時候我會不客氣地拜託妳們的。」

我覺得妳這說法也不太好，不過在一陣推託後，她們倆心不甘情不願地讓步了，門再度關上。

一色累得嘆氣，拭去額頭的汗水，走回原本的座位，調整好坐墊後才輕輕坐下。

接著，這次門沒有被敲響，而是突然打開。

「不好意思，一直來打擾你們。」

愧疚地從門後走出的當然是這兩位，熟悉的雪之下雪乃小姐與由比濱結衣小姐。

「小町會晚歸的話，鑰匙由我拿去還吧。」

「要不要幫妳把東西拿過來？」

一色站都站不起來，無力地仰望天花板。

「這個用ＬＩＮＥ說不就行了……」

疲憊不堪的聲音於空中迴盪。接著，她狠狠瞪向我。似乎是在叫我想點辦法。

呃，跟我說也沒用……

然而，我也很難在這種靜不下來的狀態下工作。可是為了這種雜務麻煩雪之下和由比濱，我又過意不去。既然如此，用最快的速度做完工作回去才是正確答案。

我清了兩、三下嗓子，對雪之下和由比濱說：

「那個，我們會馬上把工作做完回侍奉社……好嗎？」

「是的！光速解決！」

小町精力十足地同意，站在門前的兩人揚起嘴角。

「這樣呀，等你們回來。」

「太晚的話再來接你們。」

她們分別露出溫和的微笑與開朗的笑容。雪之下依依不捨地緩慢關上門。由比濱直到門徹底關上的前一刻都在揮手。

兩人離開學生會辦公室後，一色終於坐起身。

「所以說滿腦子戀愛的人真的是……」

她大嘆一口氣，對角落投以嚴厲的視線。我跟著看過去，是副會長和書記。你們一直待在那喔……

看來他們也目擊了整個過程，目瞪口呆，表情像是傻眼也像是困惑。討厭，竟然被看到了，好害羞……

「那邊那兩個知道沒？在其他人眼中你們就是那個樣子。」

被點名的副會長跟書記抖了一下。

「……我、我不太明白妳的意思。」

「我們會注意的……」

副會長還在裝傻，書記倒是挺乾脆地認錯。我也不太明白她的意思，不過我會注意的。

好、好！打起精神，繼續工作吧！對不對！副會長和書記好像也在反省了！別再責備他們囉！

我重新提起幹勁，俐落地檢查文件，伊呂波卻還有點不高興……

「不需要來那麼多次吧。」

「叫她們不要來反而會更想來。這就是所謂的卡里古拉效應。」

儘管一色沒有直接叫她們別來，鄭重拒絕有時帶有強烈的禁止之意。多少會有人理解成這個意思吧。

我講出一知半解的知識，小町雙手一拍。

「喔喔，那個！經哥哥這麼一說，小町也聽過……」

「小米，原來妳知道呀。」

一色驚訝地回問，小町裝出一本正經的態度回答：

「是的。看那本繪本就會想吃鬆餅的效應……」

「妳說的是《古利和古拉》（註28）吧。它的確是本好繪本啦……」

註28《古利和古拉（Guritogura）》為兩隻叫做古利和古拉的老鼠烤鬆餅的故事，日文與「卡里古拉（Karigyura）」音近。

什麼嘛，還以為妳真的知道。這傢伙幹麼害人誤會……我無奈地垂下肩膀，小町噘起嘴巴。

「那，那是什麼效應？」

「簡單地說，卡里古拉效應就是愈禁止就愈會想做的心理。警報器上面寫著不准亂按，卻會讓人有點想按下去對不對？電影的宣傳詞用『千萬不能看……』當標語吸引人去看，也是同樣的道理。」

「哦～原來如此。」

小町點點頭，露出「我懂了──」的表情。

一色卻抱著胳膊獨自沉思。不久後，她輕輕撫摸嘴唇，低聲說道：

「是啦……愈禁止愈讓人想做……愈是想要別人的東西，之類的？」

她有點俏皮地說。臉上的笑容明明很可愛，看起來卻異常撩人，害我有點背脊發涼。

「不、不，有點不一樣吧……」

我連忙移開目光，把注意力放在工作上。

「是嗎──？」

眼角餘光瞥見旁邊的一色伊呂波在愉悅地呢喃。

× × ×

急忙搞定文書工作，仔細調查有一堆事要討論的年間活動，揪出地雷案件後，或許是因為那天實在太忙了，隔天整個悠哉到不行。

一如往常瀰漫著紅茶香氣的社辦內，是熟悉的景象。

只不過，之前常出現的一色卻不在。也是啦，她不想待在學生會辦公室的原因是副會長和書記，如今那兩個人應該在認真工作，學生會大概也要忙起來了，說不定她這段期間都不會過來。

那傢伙也變成一個優秀的學生會長了呢……

我像個坐在緣廊的老爺爺喝著紅茶，這時社辦的門忽然被人整個拉開。

「辛苦了──」

輕快甜美的聲音傳入耳中。不必特別往那邊看都知道，一色伊呂波來了。

一色彷彿把這裡當成自己家，大搖大擺地走進來，坐到快要變成她的固定位置的地方──我和小町之間的座位上。

「今天的點心是什麼？」

「這間社辦可不是咖啡廳……」

雪之下雖然感到為難，還是好好幫她送上一杯茶，由比濱則搜起書包。

「今天是買來的。」

「啊，這樣呀。那正好。」

這句話令我們頭上同時冒出問號。什麼東西正好……我看了她一眼，一色將手中的紙袋放到桌上。

「我總是在吃雪乃學姊和結衣學姊的東西……」

她拿出一盒點心禮盒。費南雪、瑪德蓮、佛羅倫丁餅乾，一打開可愛的包裝袋，奶油的香氣就撲鼻而來。

「這是我的回禮♪」

一色拿了紙盤子，把甜點擺得漂漂亮亮，推到桌子的正中央。

雪之下瞬間瞇細眼睛，由比濱整張臉都僵住了。和笑咪咪的一色形成強烈對比。

「這樣呀……謝謝妳。」

「哦……好像很好吃。」

她們兩個明明都在笑，語氣卻非常銳利、僵硬。

討厭，怎麼有股寒意……今年是冷夏嗎？我覺得有點冷，假裝什麼事都不知道，往窗外看過去。

彷彿一切聲音都消亡殆盡的漫長沉默，刺得耳朵好痛。

這時，超級缺乏緊張感的聲音於這陣沉默中響起。

「哦～伊呂波學姊好會做點心耶。真的做得不錯，小町有點驚訝。」

「還好啦……妳的反應是不是比結衣學姊那時候還要平淡？」

一色挺起胸膛得意地說，卻因為小町的反應太沒誠意，有點不高興。可是小町嘴上這麼說，拿點心的手卻沒有停過。

嗯～她們感情真不錯，好治癒。

我又像個坐在緣廊的老爺爺一樣，看著小町和一色喝茶，這時一個紙盤送到我面前。

我瞄了旁邊一眼，一色以無言的微笑要我發表感想。她都做得這麼明顯了，我可不能不吃。我說著「啊，那我開動了」，客氣地點頭致謝，拿起費南雪。

咬下去的瞬間，奶油香於口中迸發，還帶來一陣撲鼻的芳醇甜味。口感溼潤，連吞嚥時都感覺得到它的柔軟，和紅茶也很搭。

「啊，好吃。」

難怪小町會稱讚。不用刻意去誇，這個感想就脫口而出。一色聽了，用手指掩住嘴角笑著說：

「我不是說過我擅長做料理嗎？」

「我知道。」

之前我也看過一色做甜點，甚至親自試吃過，所以我自認挺瞭解她的廚藝。

然而，那句話的言外之意另有深意。

正因為這樣，我才回答得那麼簡潔有力，一色看起來卻不太滿意，有點無奈地聳聳肩膀。

她從旁伸出手，緊緊抓住我的袖口，然後直接把我拉過去。在上半身歪向她的我耳邊悄聲說道：

「學長，要不要我幫你翻譯剛才那句話？」

只有我聽得見的淘氣呢喃，輕咬了我的耳朵一下，接著立刻遠離。只留下分不清是罪惡感還是悖德感，令人害臊的感覺。

我輕輕搖頭，以驅散那種感覺。

「不，不必。」

反正再怎麼推測她的言外之意，連推測出來的結果都另有深意。女生語就是這樣。更何況對象還是一色伊呂波，現代最強小惡魔。我這個等級不可能敵得過她。

看見我除了苦笑以外做不出任何反應，只有一色一個人輕笑著揚起嘴角。

沒錯，只有一色一個人……

完

Author's Profile

川岸殴魚
Ougyo Kawagishi

作家。著作有《邪神大沼》、《人生》、《編集長殺し》等等。

石川博品
Hiroshi Ishikawa

作家。著作有《割耳奈露莉》、《夏日時分的吸血鬼》、《先生とそのお布団》、《在海邊醫院對她說過的那些故事》等等。

境田吉孝
Yoshitaka Sakaida

作家。著作有《夏の終わりとリセット彼女》、《青春絶対つぶすマンな俺に救いはいらない。》等等。

王雀孫
O.Jackson

作家、腳本家。擔任《それは舞い散る桜のように》、《俺たちに翼はない》等多款遊戲的企劃、腳本。著作有《尚未開始的末日戰爭與我們那已經結束的青春鬧劇》。

相樂總

Sou Sagara

作家。著作有《變態王子與不笑貓》、《怕寂寞的蘿莉吸血鬼》、《教え子に脅迫されるのは犯罪ですか?》等等。

渡航

Wataru Watari

作家。著作有《あやかしがたり》、《果然我的青春戀愛喜劇搞錯了。》等等。另外在《Project QUALIDEA》計畫中，負責撰寫作品及動畫版腳本。

天津向

Mukai Tenshin

搞笑藝人、作家。著作有《芸人ディスティネーション》、《クズと天使の二周目生活》等等。

後記（石川博品）

「《果青》的讀者是侍奉社的第十二位社員。夠資格當短篇小說集裡的短篇的主角」。雖然我用這個理由把責編騙過去，順利過稿了，仔細一想，侍奉社有那麼多人嗎……

我還想了另一個版本，是「沒能把《果青》看到最後就死掉的少女怨靈和靈能者聯手襲擊渡老師的果青豪宅」。從粉絲變成酸民的怨靈，將渡老師收集的藝術品、高級房車、大得莫名其妙的床全數摧毀！現實世界中不可能發生的秩序的顛倒及錯亂——這才是故事擁有的力量吧。

我現在覺得自己毀掉了我那篇短篇的主旨。

九年是段非常漫長的時間。對於三、四年就會進入人生下一個階段的年輕人而言，就更不用說了吧。正在看這本書的你與《果青》共度了多久的歲月，我無從得知，不過應該已經待在跟初次接觸《果青》時不一樣的地方了。我的話，九年前我每天都懷著「不想寫了不想寫了」的心情在寫沒希望出版的小說。現在則是「遊戲好好玩～♥飯好好吃～♥我的姪女會邋鞦韆了～♥」的感覺，每天都過得很幸福～♥

人老了果然會變白痴。

但願我所寫的短篇能讓您想起曾經所在的地方，以及在那邊與您共度時光的人們。

後記（王雀孫）

我和渡航第一次見面是在十年前，他的出道作《あやかしがたり》完結的不久後。在那之後我們也陸續見過幾次面，某一天，他跟平常一樣用有點目中無人的態度（※他一直都是這樣。現在也沒變）對比他大一輪以上的我說：

「我正在寫校園戀愛喜劇，因為同時在玩雀孫老師的遊戲的關係，文風受到您很大的影響。」

我至今依然記得很清楚，他不知為何一臉困擾。然後帶著困擾的表情接著說：

「咦，可以致敬您嗎？」

這個年輕人會紅──我受到震撼，拿他要把我奉為心靈的師父崇拜當條件，答應了這個要求。另外，由於是「心靈的」的關係，我不記得自己教過他什麼。就是這樣，各位果青的讀者初次見面嗨囉，我是原作的心靈的師父王雀孫。有機會再見。

然後借這篇後記通知各位一下。為求方便起見，這篇短篇是以「王雀孫」的名義收錄於書中，其實我受到許多作家朋友的幫助，是也有參加這本短篇小說集的相樂總先生、境田吉孝先生，以及原作渡航先生，真的謝謝你們啦。3Q～☆

最後是私訊。星野編輯長。這次真的非常感謝。

後記（川岸毆魚）

大家好，我是跟渡航先生同期出道的那個內行人才聽過的川岸毆魚。

《果青》第一集是在二〇一一年三月出版。因為東日本大地震的關係，物流作業一團混亂，《果青》卻完全沒受到影響，初版轉眼間就賣完了，趁著這個勢頭再版又再版……

閉上眼睛，那就像昨天——或者說九年前發生的事一樣，浮現腦海。

說到當時GAGAGA文庫的老作家，就算書賣不好也能得到原諒，不如說幾乎所有人的書都賣不好，因此銷量不佳反而讓大家產生了同伴意識，有種連帶感。過著「沒辦法。畢竟我們家不是電擊文庫」的這種溫水煮青蛙般的生活。

打破那個幻想的，是上〇當麻——不對，是《果青》這部作品。

符合流行的主題、戰略，更重要的是作品的品質。《果青》的刀刃破壞掉了裝滿溫水的泡澡桶，將我們從溫度舒適的溫水拉回到寒風肆虐的現實世界。當時我是這樣想的。「讓我回去泡溫水」。我可是因為一直泡在溫水裡，一件衣服都沒穿喔。

各位也知道，從那一天起過了九年，《果青》做為GAGAGA文庫的臺柱，做為輕小說的臺柱，長成了一棵大樹。

如今《果青》完結了，我非常期待渡先生下次會破壞什麼東西。我會翹首盼望那一天的到來……以全裸的姿態。

後記（境田吉孝）

初次見面。或是好久不見，我是境田吉孝。

我喜歡平塚老師，真心的。想跟她結婚……不對，那個，我以最自然的態度寫起後記結果第二行就出現認真向平塚老師告白的句子真的很不好意思，可是平塚老師的外貌（人設）、性格（設定）、聲音（CV）我全部超級喜歡。

說起來，像我這種默默無聞的作家能接下為《果青》寫短篇的這個重責大任，起因在於渡老師用LINE輕描淡寫地問了句「你要寫短篇嗎？」。

起初原本說好要用不同的角色當主角寫兩篇短篇，但我實在無法抑制對平塚老師的心意，便不抱期望地提出請求，結果編輯同意讓我寫平塚老師的故事。真的感激不盡。

我現在還在擔心是否有寫出能讓同為平塚老師粉的各位讀者滿意的內容。真想成為那麼棒的老師的學生。

若能讓平塚老師粉的讀者和不是平塚老師粉的讀者都能看得開心，是我無上的幸福。謝謝大家。

後記（相樂總）

十幾年前，有段時期我常看也常寫喜歡的遊戲的二次創作。

當時只要稍微對電腦有涉獵的人，都一定會玩過那類型的遊戲，它的二次創作比原創小說還要多人看。我也沉浸在那種文化的謊言中。

在本篇沒有太多戲分的角色們，也有各自的想法、各自的人生。如今回想起來，我應該是想盡可能靠近沒有攤開在陽光下的那部分吧。

話說回來，關於《果然我的青春戀愛喜劇搞錯了。》這部作品，我是每集都收了初版的單純的粉絲。

接獲短篇小說集的邀稿時，我的理解是「簡單地說，跟二次創作一樣」。

但我同時也在想，渡航這位奇才所寫的正典以外的作品，會有人想看嗎？

既然如此，我必須拿出全力滿足各位讀者。

我從冰箱裡拿出未老的寶刀，把原作有寫到的部分和沒寫到的部分放進同一個鍋子裡攪拌，灑上名為妄想的調味料，大火燉煮。

成品就是這一篇。

戶塚好可愛喔戶塚。我會給你幸福的。

後記（天津向）

初次見面。我是GAGAGA文庫出版的《クズと天使の二周目生活》的作者天津向。平常還會做搞笑藝人的工作。

我本來就很喜歡果青，看得很開心，這次接獲「要不要參加短篇小說集企劃？」的邀約時真的感動到不行，一秒答應。不過仔細一想，還有哪些作家參加啊？問了作家陣容後胃就開始痛了。

不是吧，太豪華了吧。

但後悔也沒用。我每天早上醒來都會想一千次「早知道不該答應」，可是接獲邀約時我因為太興奮的關係寫了三篇企劃書，而且還全部過稿了，已經無路可退。另外兩篇是以「雪之下雪乃」和「平塚靜」為主角，有興趣可以看看。

請讓我說一下寫完的感想。我單純地為角色原來這麼會自己行動而感到驚訝。這篇的川崎沙希也比想像中還要有自己的意志，我很快就想好劇情了。創造出這麼好寫的角色的渡航老師真是怪物。

總之很開心。謝謝大家看到最後。

後記（渡航）

各位好，這是後記。

……後記會不會太多篇了？

我怎麼覺得最近一直在寫後記，各位過得怎麼樣呢？我今天也很有精神地在東京神田神保町的小學館寫後記。

我從來沒在這麼短的間隔內寫這麼多篇後記，說實話非常不知所措。

可是，寫很多後記反過來說就是寫了同樣多的小說對吧。

再反過來說，為自己寫了許多後記而驚訝，代表那人之前是不是太少寫小說了？不對，沒這回事。我有寫。是真的。

再反過來說……不，再反過來說也沒意義。請你不要再提起，不然會沒完沒了。（歐陽菲菲調）

講出去的話有意義，沒講出去的話有意圖，不過，每句話都有言外之意。講到最後，這個故事大概就是那種感覺。無論是長篇短篇本篇還是短篇小說集。

〈然而，那句話的言外之意另有深意。〉就是這樣誕生的。

本篇終於也告一段落，在這邊寫點有戀愛喜劇味道的東西吧——！畢竟是短篇小說集嘛——！我懷著這種輕鬆的心情，寫得很愉快。

今後我依然會不時想起他們她們的青春戀愛喜劇，想像他們的未來，或回憶他們的過去，之後再將其化為文字。

會有這樣的心情，也是因為這個短篇小說集企劃很好玩！

大家也開心嗎——！還有力氣嗎——！搖滾區——！二樓的觀眾——！會場的所有人——！謝謝——！最後面的觀眾我也看得很清楚喔——！

類似這種感覺，某種意義上來說，這個短篇小說集企劃就像拿果青當成舞臺的節慶，真的是如同祭典的日子。

老鳥新人前輩後輩大前輩、同期和戰友、夥伴與勁敵、王牌四號跟深藏不露的高手、師父老師和命運的宿敵，總之是個 all stars 通通 on parade，等同於睡前妄想的企劃。遺憾的是因為時間等因素，有這次不能一起參加的創作者，嗯，就留待下次的機會吧？我個人對這個企劃還抱持著許多夢想。

各位讀者請務必把《果然我的青春戀愛喜劇搞錯了。短篇小說集1　雪乃ｓｉｄｅ》、《果然我的青春戀愛喜劇搞錯了。短篇小說集2　ONPARADE》、《果然我的青春戀愛喜劇搞錯了。短篇小說集3　結衣ｓｉｄｅ》、《果然我的青春戀愛喜劇搞錯了。短篇小說集4　ALLSTARS》都收齊，和我一起樂在其中。

以下是謝辭。

石川博品老師、王雀孫老師、川岸毆魚老師、境田吉孝老師、相樂總老師、天津向老師。

我一定是全世界最感謝各位的人，所以我想拿出全力傳達我的謝意。真的太謝謝了。每次看見各位的大作，我都在感謝遇到您們之前經歷過的一切事情!!真的太棒了，總之我先下跪真心感謝再說。

うかみ老師、U35老師、エナミカツミ老師、えれっと老師、なせめるち老師、ももこ老師。

每次看見您們的圖，我都會心想「哦哦，這是劇場版對吧?不愧是**allstars**，作畫太完美了……讚爆……」，跟以貝卡站姿站在搖滾席後方的男友一樣。我不敢把腳對著各位睡覺（註29）所以我要一輩子維持貝卡站姿工作。現在我明白了，這份感情名為愛。真的非常感激。全心全意向各位致謝。

ponkan⑧神。

神為何是神?因為神是神。封面的伊呂波真的太神了，我只擠得出這句感想。如果是宗教盛行的時代，我可能會去當宗教家，踏上向世人傳教的旅途。一直以來謝謝您!未來也請多多指教!

註29 表示感謝之意的日本慣用語。

責編星野大人。

我們做到了！兩個月連續出四本書！不愧是您！厲害喔！編輯長！請大家一定要去追蹤他的推特！我對小學館真的只有深深的感謝！謝謝！以後也要麻煩各位了！放心，下次一定能輕鬆搞定啦！呵哈哈！

ＧＡＧＡＧＡ編輯部的各位，以及同樣提供諸多協助的各家出版社。

都是託各位的福，本企劃才能成立。十分感謝各位向各作家、插畫家邀稿，協助編纂本書。在此跟於百忙之中抽空參與本企劃的您們致上深深的謝意。

以及各位讀者。

完結後他們她們的生活依然能繼續下去，都是多虧有您們的支持。我也會再努力一陣子。希望未來也能和各位一起享受果青的世界。所以請務必去看看動畫！一起欣賞四月開播的「果青完」吧！詳情請上官方網站確認！真的非常感激。今後也請多多指教！因為有你，才有果青的存在！

下次讓我們在《果然我的青春戀愛喜劇搞錯了。》的其他作品中見面吧！

三月某日　喝著ＭＡＸ咖啡，獨自召開短篇小說集慶功宴　渡航

浮文字

果然我的青春戀愛喜劇搞錯了 短篇小說集(4) ALLSTARS

(原名：やはり俺の青春ラブコメはまちがっている。アンソロジー(4) ALLSTARS)

作者／渡航 等人　封面插畫／ponkan⑧ 等人　譯者／Runoka
執行長／陳君平　榮譽發行人／黃鎮隆
協理／洪琇菁　國際版權／黃令歡、高子甯
執行編輯／呂尚燁　美術主編／李政儀

出版／城邦文化事業股份有限公司 尖端出版
台北市中山區民生東路二段一四一號十樓
電話：(〇二)二五〇〇七六〇〇　傳真：(〇二)二五〇〇二六八三
E-mail：7novels@mail2.spp.com.tw

發行／英屬蓋曼群島商家庭傳媒股份有限公司城邦分公司 尖端出版
台北市中山區民生東路二段一四一號十樓
電話：(〇二)二五〇〇―七六〇〇(代表號)
傳真：(〇二)二五〇〇―一九七九

中彰投以北經銷(含宜花東)／楨彥有限公司
電話：(〇二)八九一九―三三六九
傳真：(〇二)八九一四―五五二四

雲嘉經銷／智豐圖書股份有限公司 嘉義公司
電話：(〇五)二三三―三八五二
傳真：(〇五)二三三―三八六三

南部經銷／智豐圖書股份有限公司 高雄公司
電話：(〇七)三七三―〇〇七九
傳真：(〇七)三七三―〇〇八七

一代匯集／香港九龍旺角塘尾道六十四號龍駒企業大廈十樓B&D室
電話：(八五二)二七八三―八一〇二
傳真：(八五二)二七八二―一五二九

馬新總經銷／城邦(馬新)出版集團 Cite(M)Sdn.Bhd.
E-mail：Cite@cite.com.my

法律顧問／王子文律師 元禾法律事務所
台北市羅斯福路三段三十七號十五樓

二〇二一年七月一版一刷
二〇二三年十一月一版二刷

國家圖書館出版品預行編目資料

果然我的青春戀愛喜劇搞錯了短篇小說集. 4, ALLSTARS / 渡航 著 ; Runoka譯 . --初版.
--臺北市：尖端出版, 2021.07 面 ; 公分. --(浮文字)
譯自: やはり俺の青春ラブコメはまちがっている。
アンソロジー 4 : ALLSTARS
ISBN 978-626-308-324-0(平裝)

861.57　110007293